U0931443

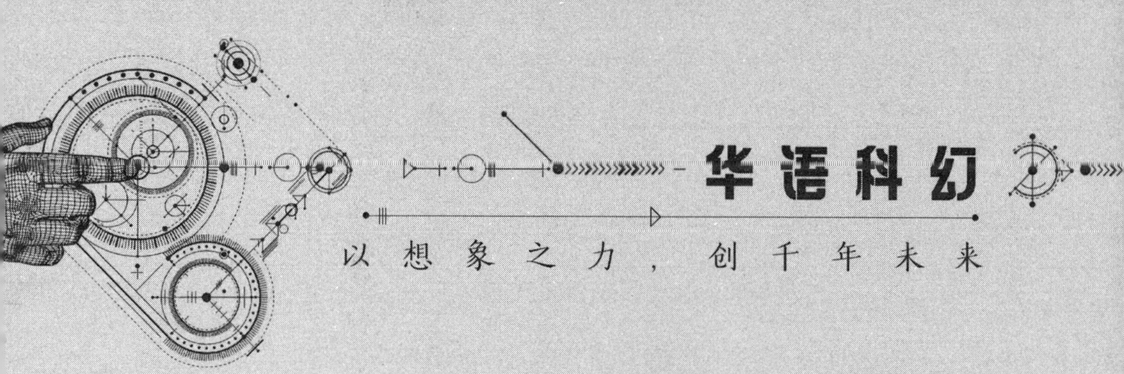

华语科幻
以想象之力，创千年未来

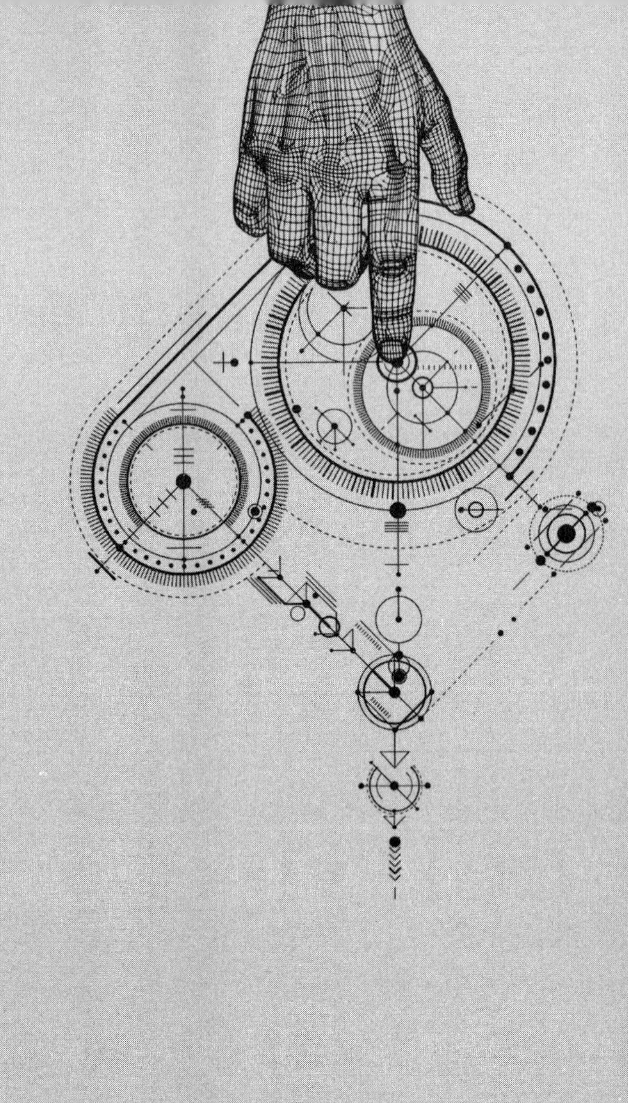

宝树科幻精品系列

Sci-Fi

穴居进化史

宝树　著

科学普及出版社
·北　京·

图书在版编目（CIP）数据

宝树科幻精品系列．穴居进化史 / 宝树著．-- 北京：科学普及出版社，2025. 1. -- ISBN 978-7-110-10828-4

Ⅰ．I247.7

中国国家版本馆 CIP 数据核字第 2024B8Y918 号

策划编辑 王卫英
责任编辑 王卫英
封面设计 书香文雅
正文设计 书香文雅
责任校对 邓雪梅 张晓莉
责任印制 徐 飞

出 版 科学普及出版社
发 行 中国科学技术出版社有限公司
地 址 北京市海淀区中关村南大街 16 号
邮 编 100081
发行电话 010-62173865
传 真 010-62173081
网 址 http://www.cspbooks.com.cn

开 本 720mm × 1000mm 1/16
字 数 690 千字
印 张 58
版 次 2025 年 1 月第 1 版
印 次 2025 年 1 月第 1 次印刷
印 刷 天津泰宇印务有限公司
书 号 ISBN 978-7-110-10828-4 / I · 746
定 价 180.00 元（全 6 册）

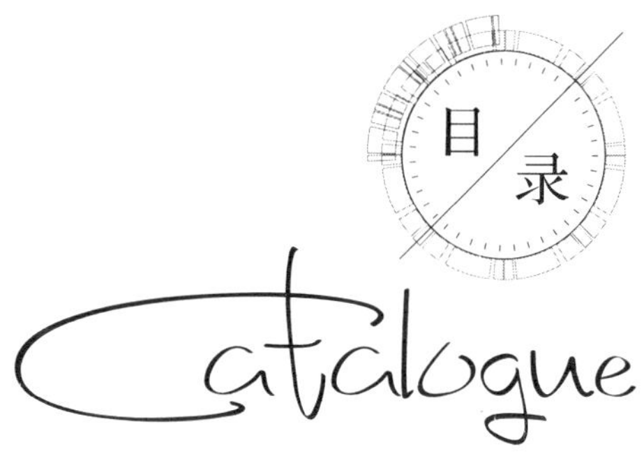
目
录
Catalogue

时光的祝福

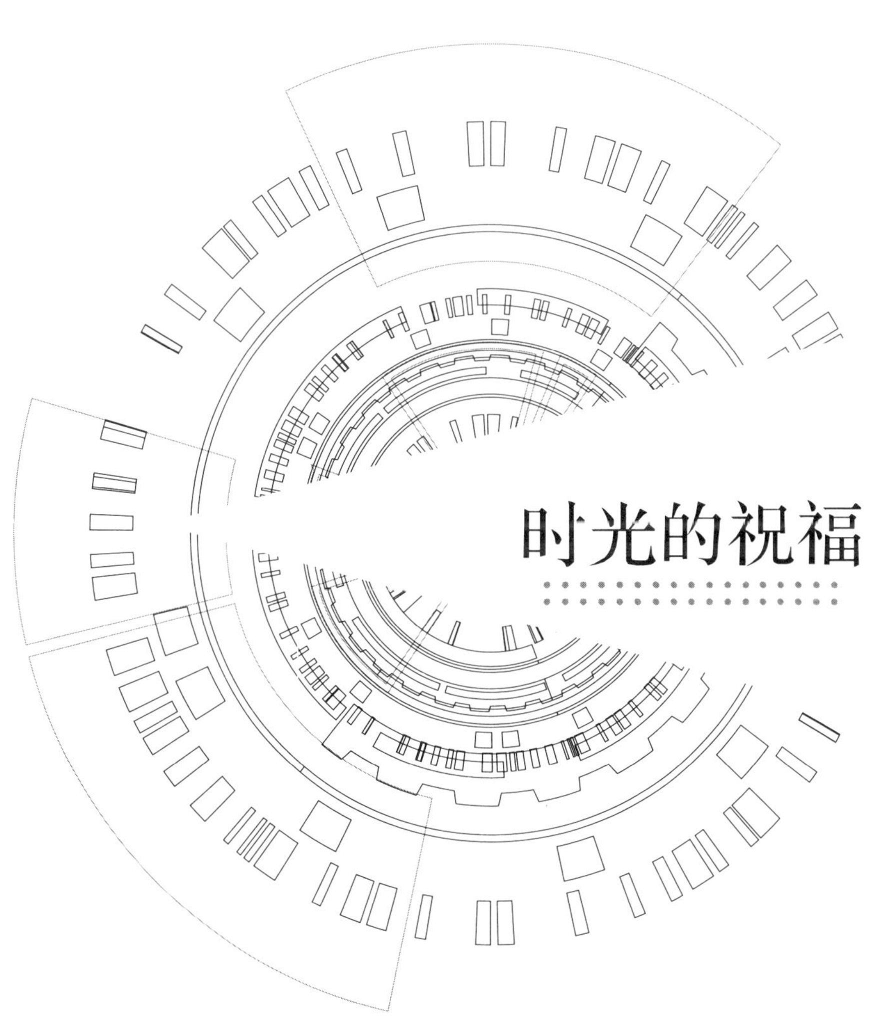

一

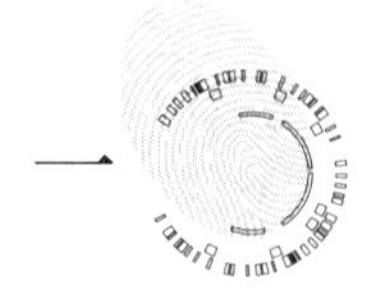

旧历的年底毕竟最像年底，村镇上不必说，就在天空中也显出将到新年的气象来。灰白沉重的晚云中间时时发出闪光，接着一声钝响，是送灶的爆竹；近处燃放的爆竹可就更强烈了，震耳的大音还没有息，空气里已经散满了幽微的火药香。我正是在这一夜回到我的故乡鲁镇的，暂寓在鲁四叔的宅子里。他是我的本家，是一个讲理学的老监生，比先前并没有什么大改变，单是老了些。一见面是寒暄，寒暄之后大骂新党。这并非借题在骂我，因为他所骂的还是康有为。但是，谈话是总不投机的了。

第二天我起得迟，家中正在准备着明晚的“祝福”。这是鲁镇年终的大典，致敬尽礼，迎接福神，拜求来年的好运气。杀鸡，宰鹅，买猪肉，用心细细地洗，五更天陈列起来，并且点上香烛，恭请福神们来享用，拜完后自然仍是放爆竹。年年如此。午饭之后，我去镇东头看一位朋友。行到河边，快到朋友住所时，一抬头，却遇到了另一位旧识——祥林嫂。

上次见她已是五年之前，五年前花白的头发，如今已经全白，哪里像四十上下的人；脸上瘦削不堪，黄中带黑，而且消尽了先前悲哀的神色，仿佛是木刻似的；只有那眼珠间或一轮，还可以表示她是一个活人。她一手提着竹篮，内中一个空的破碗；手里支着一根比她更长的竹竿，下端开了裂——她分明已经纯乎是一个乞丐了。

“你回来了？”她先这样问。

“是的。”

“这正好。你是识字的，又是出门人，见识得多。我正要问你一件事——”她那无神的眼睛忽然发光了。

我万料不到她却说出这样的话来，诧异地站着。

“就是——”她走近两步，放低了声音，极秘密似的说，“一个人死了之后，究竟有没有魂灵的？”

我很悚然，对于魂灵的有无，我自己是向来毫不介意的；但在此刻，怎样回答她好呢？我在极短期的踌躇中，想，这里的人照例相信鬼，然而她，却疑惑了……人何必增添末路人的苦恼，一为她起见，不如说有罢。

“也许有罢，——我想。”我于是吞吞吐吐地说。

“那么，死掉的一家的人，都能见面的？”

“唉唉，见面不见面呢……”这时我已知道自己也还是一个愚人，什么踌躇，什么计划，都挡不住三句问，我即刻胆怯起来了，便想全翻过先前的话来，“那是……实在，我说不清……其实，究竟有没有魂灵，我也说不清……”

“迅哥！”这时候，我听到有人叫我，抬头一看，原来是朋友看到我来了，已经在门口迎接。我趁机跟祥林嫂说了声“回见”，不等回答，迈开步便走，很快来到朋友吕纬甫面前。

纬甫并非本地人，我们的父亲是同年，自幼两家经常往来，我和他一起进的新学堂读书，交情也较一般同学为深厚。前清末年，他去了西洋留学，我却去了东洋，后来十多年一直未再相见，听说他已经定居伦敦。此番忽然得到他的来信，说来鲁镇暂住，想和我一聚，我才回到故乡。

纬甫的面容颇有些改变，头上已添了几根白发，但也一见便认识，依稀看得出仍是十多年前的少年。我们寒暄了几句，他问我刚才那老妪是谁，我告诉他，是祥林嫂。

纬甫一度露出困惑的表情："祥林嫂？祥林……啊，我记起来了，我小时候来鲁镇做客，她在你四叔家里做女工，手脚勤快得像个男人，对我们也都很好。印象最深的是那次，镇上几个无赖抢了我身上的钱，又打得我满面是血，祥林嫂路过见到，拿起扁担把他们赶跑，还帮我洗了衣服。可惜后来再来鲁镇，说她已经嫁人走了。"

我叹息说："她哪里是自愿嫁人呢？是她婆婆忽然找人绑了她回去，又卖到深山里，给一家姓贺的做媳妇。"

"对对，后来你的信里也提过。说她当时寻死觅活，后来倒也还好，丈夫能干，她生了孩子，人也白胖了，后来我去了英国多年，就不知晓近况了……但算起来也就四十出头，怎么老成那个样子？"

"一言难尽……"我回想着说，"她本来在山里日子倒还可以，谁知道丈夫得了伤寒，吃了一碗冷饭，然后死了；她儿子更惨，被一头狼叼去，发现的时候肚子都被狼掏空了……她后来回到四叔家，手脚便没有以前灵活，记性也坏了许多。还逢人絮叨孩子的事，最初女人们还为她掉几滴眼泪，后来听到便头痛，一见到她就躲。四叔四婶也觉得她克死两个丈夫不吉利，后来就把她赶出去了，那是五六年前的事，如今更是沦落，不知道的还以为是丐妇。"

"哎，这么说来，我在街头似乎也遇到过她一两次，觉得有些面熟，但认不出来，连招呼都没打，实在不该。"纬甫叹息几声，又问我："说到这个，你还记得孔乙己吗？听说他断了腿以后也变得如乞丐一般。咸亨酒店的老板跟我说，他消失了很久，还欠了店里十九个钱。"

"我也多年未见，大约他的确死了……"我说，觉得话题过于沉重，便转过了话头说，"别尽说乡人的事了，还没说你近况如何？听说你去那伦敦还是康桥的大学堂里，成绩优异，还拿了洋博士……"

我一边说着，一边在他房里踱步，这应该是他租赁的屋子，只里外两间。外间是书房，架子上放着好些英文书，大抵都是格致的书籍，什么 Physics、Chemistry 等，似懂非懂，还有一部德文书，标题长长的看不懂，作者似乎叫什么阿伯特·艾因斯坦，近来倒是有所耳闻，听说这是当世最了不起的科学家，全世界能懂他的学问的，不超过 10 个人。我好奇地翻开看了看，看到其中密密麻麻都是纬甫写的中西文批注，不由肃然起敬。

纬甫却说："一言难尽，我在伦敦是听了几门功课，博士也读过，但是出了变故，没有读下去……"

我见他似有难言之隐，也不便问，只说："学到了真本事就好，你这样好的学问，应该到北京上海的大学里高就，推动中国的科学进步，怎反到这小镇上闲住呢？"一边说，一边看到书架上有一部 *War of the Worlds*，记得是英伦文豪 H.G.Wells 所著的科学小说，便取下来随手翻阅。

"这个实在有不得已的苦衷……"纬甫仍吞吞吐吐地说，"不过就算去做事，也不过是谋一口饭吃，中国的大学生有几个知道'赛先生'为何方神圣，大学里除了几本过时的教科书，资金器物无不匮乏，起码的科学实验都做不了。加上战火连年，饿殍遍野，等到科学昌明真不知何年何月。"

"如此而论，你的科学救国，和我的医学救国，都是失败了。"我苦笑着说。当年我们年轻气盛，痛感时局沉沦，自觉有救国良策，还为此争论不休，但最终一事无成。正如两只小飞虫一样，远远近近绕了一圈，仍飞回原处。

"我当时想法是太幼稚了，"纬甫说，"若单单推动常规的科学工业之发展，见效极慢，何况洋人也不会停下来等我们一等，'夫子奔逸绝尘，而回瞠若乎后矣'！按常理，中国是断无希望赶上人家的。即如民国今日的枪弹炮舰，或者可以敌过道咸年间的英国战船，但现在人家又出来了什么飞机坦克，把我们甩得更远了。"

“是啊，正是一山还比一山高，”我抚着手中的书说：“便如这部《世界大战》中所言，浩瀚宇宙之中，有更早文明开化的其他族类，西洋今日的科学虽发达，在火星人的眼中，怕又不堪一击了。”

纬甫奇道：“原来你也读过威尔士的小说？”

我忆起往事，嘴角浮出一丝笑容，又涌起几分感伤，“我在东京闲来也爱读科学小说，还翻过 Verna 氏的《月界旅行》，鼓吹科学小说救国……那时年轻幼稚，如今梦早已醒了，在教育部谋了个闲职，每日便是抄抄古碑，消磨余生。”

“但你一定是能懂我的，”纬甫热切地说：“其实这就是我要跟你说的事，这部书你可读过？”

他从桌上又拿起一本英文小书来，书名是 *Time Machine*，我翻了翻便想起来，“这不是那部《时光机》吗？这是威尔士的成名作，我当年曾找日本人的译本读过，倒也有趣，不过其中还有些不明白之处——”

“那就够了！”纬甫断然说：“此书所述之事玄妙绝伦，守旧的国人不易明白，但你既然已懂得其中纲领，我不妨直说，只要得到时光机之助力，能够送我回到过去，设法更改历史，便是救国的捷径了！”

二

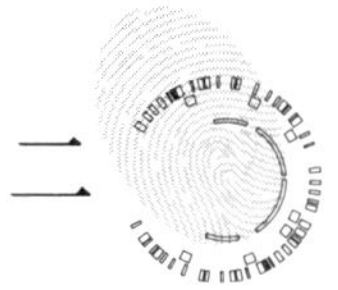

他这几句话听得我目瞪口呆，怀疑耳朵出了毛病。我虽读过此书，不过是当成消遣的故事和警世的寓言，哪里会当真呢！纬甫却来了兴致，一个劲儿地说下去：

“我想中国人原不比西洋人差，今日之所以落后，无非是过去阴差阳错，走错了路。譬如始皇帝焚书坑儒，灭掉了诸子百家，多少科学的根苗也就被扼杀；又如宋灭于蒙古，明亡于满洲……泱泱文明之国，遂为野蛮之墟，我们自然就比西洋落后了几百年；再如甲午之败，戊戌之变，更是一蹶不振……若是溯时间而上，回到历史转弯之处，改变方向，重选道路，一切自然便随之而变了！”

我听得咋舌不下，心想好好一个人，怎么竟迷了心智！好不容易等他稍停，说：“这‘时光机救国’的理想是极好的，但是有一个难处，世间焉有什么时光机呢！想不过是小说家言而已。”

纬甫摇头，一脸郑重地说：“迅哥，你有所不知，时光机是的确有的，不过并非此时的学者智士所能发明，而是数百年后未来人的造物。那年未来人乘坐此机器前来，出现在威尔士的宅里，被威翁所知道。本来按他们的法条，时间旅行应当极度保密，以免混乱时空，改变正史。不料消息泄露出去，闹得伦敦城满城风雨，威翁灵机一动，以此题材写了一篇小说，三真七假，托于说部。众人读后都以为是小说家的虚构，传言也就平息了。”

我仍是不信，“此事既然是机密，你又怎知道了？”

“说来也巧，我在伦敦读书时，学业的导师与威翁相识，正好他要做一部有关中国的小说，想了解中国的史事，导师便举荐我去帮忙。一来二去，我与威翁便熟悉起来。你知道他是风流成性的人，女人方面的麻烦事也多，一日他有不如意之事，在酒馆里喝得烂醉，我正好遇到他，便送他回家。

“不料他醉中吐露真言，说那时光机真有其物，多年前未来人乘此物到来此间，去查一个伦敦诨号‘开膛手杰克’的采花大盗的案子。此案一直未破，据说是史上有名的奇案，所以未来人专门来此查清楚真相，未来人等到杰克作案时出现，抓获了此人，但不料那歹人狡猾，假意投降，却忽然一刀刺中了未来人逃去！这未来人倒地后奄奄一息，眼看熬不到回去，便嘱托威翁将时光机深埋起来，切勿开启，否则遗祸无穷。”

我听得入神，心想纬甫编小说倒是也头头是道，且看他能扯到哪里去，问：“然后呢？威翁使用那台机器了没有？他莫非真的去了千百万年之后，见到了小说中的奇景？”

“威翁说，他倒是也起了使用时光机的念头，但那机器上的指示十分晦涩，他研究了许久，始终无法启动，所以还是遵照遗嘱将它埋起来。但未来人临死时说出自己是时光旅者的话头，也有旁人听到，惹出许多猜测谣言，他便写了这部《时光机》来混淆其事，谁知歪打正着，此书却洛阳纸贵，风靡天下了。”

我心下顿悟，拊掌笑道：“我明白了！这自然是威翁逗你的玩笑话，全凭他如何说，也没有实证。”

纬甫摇头，“我当时也是这么说的，说他是醉话，威翁却大发脾气，指示给我庭院中埋藏的地点，说要挖出来给我见识一下，然而走了几步，却又醉了睡去。我动了好奇心，趁他夜里熟睡，去那地方一挖，吓，终于让我挖出一个箱子来！里面的确用油纸包着一台古怪的机器，结构极精细，材质亦奇特，非铁非木，绝非此世的人所能制造。我一颗心怦怦乱跳，头脑一热，便抱了这台机器连夜走了。”

我“啊”的一声：“你把时光机偷走了？”

纬甫露出几分尴尬的神色，“救国救民的事，怎么能叫作偷……不过怎么叫都好，我的确是想要用来做一番大事。再者说，此物留在威翁手上多年，他也研究不出来什么，不如让我去尝试一番。我知道威尔士一旦发现我偷走了此物，必然会设法寻找，所以我也不敢回国，抱了这部机器去了德国。不料很快发生欧洲大战，交通断绝，我在德国乡间躲起来研究了好几年，倒也清静。但其中关键处难以索解，那日读到艾因斯坦博士的论文，觉得有些启发，于是去柏林找他请教，很是有些收获。打通诸多疑难关节后，我才恍然大悟。这部机器的原理虽然是四维空间，但却是艾氏所说的相对时空，质量与时空互为表里。因此时空产生曲率，须循此原理在时间中进退，便如上下山坡要调整步姿一样。威翁未参透此节，只按欧几里得氏的时空观念去操作，却是缘木求鱼了。”

这些话高深莫测，我丝毫听不明白，纬甫又说：“弄通那相对理论后，我逐渐明白这机器的用法，做了一些小实验，譬如从早晨跳到晚上，又如将一只老鼠送到3天后……无不称心如意，当然其中种种玄奇怪诞之处，是一言难尽了。这时正当欧战结束，我就准备回国，打算实现我那救国的志向。不过我却被人盯上，好不容易才甩掉。原来，威翁委托了欧洲黑白两道的人物，重金悬赏寻我，战后他参与创建国联，领袖士林，四海闻名，就算回到中国也可能被他查到，所以我不敢去大城市，也不敢回家乡，一日想到，少时曾在鲁镇住过，这小地方威翁定不会知道，便来到此间暂住。迅哥，你精通国故，正好帮我参详一番，看去什么时代，如何改变历史，才能救国。”

我见他说得恳切，也不免将信将疑，问道：“那么那台时光机到底在何处呢？”

纬甫做了个手势，请我到卧房之中。我进门一看，房室空荡荡的，也只有床帐桌椅等寻常家具，哪有什么神奇的机器？心想，果然是他发了狂症异想天开，亏我还险些相信！然而他到床上拿起枕头，去掉绣花的枕套，取出里面一块金属物，长约二尺，色泽暗黄，上面有些细密的纹路，但很是袖珍，与威尔士笔下的时光机毫无共同之处。

我正感狐疑，他将那枕芯放在屋子中间的空地上，在上面不知什么地方拉了一下，那物便如折纸般翻开，令我大吃一惊。只见那东西仿佛是活的，自动地一层层打开又支起来，再翻出更内部的结构，令人眼花缭乱。最后变成了一台庞大而精巧的机器，上有座位和顶盖，形如黄包车，但下面没有轮子，而是复杂精密的机械装置，面前又有许多黑色、白色和透明的操纵杆。真不知从一个小方块中如何变出这许多东西！

我惊得半天合不上嘴巴，只觉如在梦中。纬甫说："你看，这便是威翁小说中描写的时光机了，他说是用黄铜做的，其实是一种极为坚固的合金材料；他说的那些乌木、象牙和水晶的操纵杆，一方面是有意混淆其事，另一方面他也并不知道真正的材质，我相信是一种未来的高分子聚合物，近几十年美国人发明一种非金非石之奇物，称为'塑料'，也许与之近似。"

我呆了许久，方颤声问："原来真有这神器！那你有什么打算？"

纬甫说："我也想过，若贸然去古代，语言文字风俗习惯多有不同，不易融入行事；所以首选是去甲午战前，送去日本人的军事情报，让我北洋水师大破日本的海军，就不会有马关之辱；再设法相助康梁诸公，让维新变法成功……不过，有关的知识我了解尚很肤浅，你在日本留学多年，又精通朝野掌故，一定可以帮我。"

我不料拜会一位故人，竟然卷入了如此怪异的宏图伟业，虽然说不出哪里不妥，但也手心冒汗，期期艾艾地说："兹事体大，牵一发而动全身，若是出了差错可非同小可。比如虽战胜日本而引来列强的猜忌，反无法遏制俄国人并吞东北的野心；又比如西太后被废，或者会引发内战，诸国趁机瓜分十八省……以当时时局的错综复杂，这绝非不可能发生，那我们可就百死莫赎了。"

纬甫踌躇说："这种事当然谁也无法打包票，但总不能因此而畏葸不前。这可是上天赐给我们的良机，万不可错过了。”

我们商议了许久，暂时没有结论。眼看天色已晚，我嘱咐他切莫着急行事，等我明日再来，商议妥当后再着手进行。

三

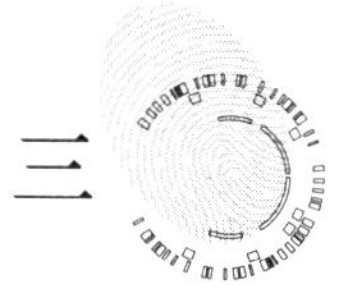

当晚我又哪里睡得着觉，心里不知多少个念头七上八下。一会儿是诸国大战血流成河，一会儿又是未来人狰狞恐怖，形如火星怪客，直到天明才蒙眬睡去，却又梦见秦始皇捉了纬甫去杀头，而秦始皇和四叔长得一模一样……

起来时已经接近中午，我梳洗方毕，听到门外四叔且走且高声地说：“不早不迟，偏偏要在这时候——这就可见是一个谬种！”

我先是诧异，接着是很不安，似乎这话于我有关系。试望门外，谁也没有。好容易待到短工来冲茶，我才得到了打听消息的机会。

“刚才，四老爷和谁生气呢？”我问。

“还不是和祥林嫂？”那短工简洁地说。

“祥林嫂？怎么了？”我又赶紧地问。

“死了。”

“死了？”我的心突然紧缩，昨日见到她后，随即卷入时光机的疑云，早已将祥林嫂忘得一干二净。想不到昨天才见到，今天已经……

我镇定了自己，接着问：“什么时候死的？”

“什么时候？——昨天夜里，或者就是今天罢——我说不清。”

“怎么死的？”

“还不是穷死的？”他淡然地回答，没有看我便出去了。

午饭时见到四叔，我也还想打听些关于祥林嫂的消息，但知道他虽然读过“鬼神者二气之良能也”，而忌讳仍然极多，当临近祝福时候，是万不可提起死亡疾病之类的话的，倘不得已，就该用一种替代的隐语，可惜我又不知道。

下午，我去赴与纬甫的约会，心中仍沉甸甸的。他见我面色不对，问我出了什么事，我告诉他祥林嫂已经过世，他哀叹几句，仍说他那改变历史的大计该当如何进行。我心中忽然一动，抬头道：“纬甫，你若能改变历史，能否回到过去，让祥林嫂不会死得这般凄凉，甚至让她能够过上好日子呢？”

纬甫一怔，回答说：“我自然想要救她，但这部机器，是用来救四万万中国同胞于水火的。孟子曰‘先立乎其大者’，如若中国的运势从头改变，劳苦大众都能安居乐业，祥林嫂的事，自然也就解决了。”

“我知道你的意思，但我想，或许你可以把她当作一个实验，先改变一下祥林嫂的命运看看，如若成功，便可用在更大的方面。若是出了差错，我们再研究问题在何处，将来真正着手改变国族的命运时，也好有个参照。”

纬甫笑道：“想来你还不信这神器的妙用，想给我出个难题。逆转时空，解救一个乡下仆妇，又有何难？好，就看我为你演示一番。”

于是我们按自己的所知，在一张纸上写下祥林嫂大概的“年谱”：

丧夫（26 岁）

私逃来鲁四叔家中帮佣（26 岁）

被婆婆用船绑走（27 岁）

卖到山里嫁给贺老六（27 岁）

生下儿子阿毛（28 岁）

贺老六因伤寒去世（29 岁）

孩子被狼叼走（31 岁）

回到四叔家（33 岁）

被赶回卫老婆子处（36 岁）

去世（41 岁）

我们又尽可能推断和写下各个事件所发生的确切时间，好在祥林嫂这些年逢人就诉苦，讲述生平的不幸，许多重要的时日，我倒是都记得。

我们越写也越是悲凉，不想命运的诸多不公，都加在一个苦命女人身上，实在非人所能承受。纬甫最初还抱着科学实验的心态，但后来也是忍不住双目含泪，摩拳擦掌，要快点儿去救人了。

我们商量得出共识，最适合介入改变的事件，是狼叼走阿毛那件事，此事时间地点俱全，而且任务也比较简单：到贺家屋前去赶走或者打死那头恶狼，救下她的儿子阿毛。想这事也是祥林嫂内心最大的痛楚，最希望挽回的不幸……

时光机只能改变时间坐标而不能改变空间位置，如果在家中进行时间旅行，可能会遇到多年之前的屋主，那会引起很多麻烦。所以我们把时光机带到镇外去，那机器极精巧，虽然打开来有黄包车大小，但是在某处一按，缩回去又是枕头一般。也不过十来斤重，提起来不太吃力，包上套子看上去就是一个方枕。若非如此小巧易携，纬甫也不可能轻易盗回来了。

最后我们找到小时候经常去玩耍的一个野山洞，在山洞里清出一块平整地面，打开时光机。纬甫坐上那机器的鞍座，设定好了时间——八年前，在狼叼走阿毛之前两天，但需要从旧历调到西洋历法。他对我做了一个表胜利的手势，深吸一口气，便拉下启动杆。我睁大眼睛看着，只见那时光机的外壳缓缓旋转起来，然后越转越快，便如同化为一个诸色杂糅的旋涡，一切都模糊不清了。最后甚至变得透明，几乎要化为乌有。

我看得心摇神驰，以为它会马上消失，但它又渐渐变得颜色鲜明，形体凸显，旋转开始变慢，最后停了下来，纬甫仍然坐在那里，看似没有什么不同。

我问道：“怎么了？可是出了什么岔子吗？”

“出了什么岔子？”纬甫不解地说，“我已经回去了，完成了使命啊……哦，想必是我回来的时间点和去的时间点是同一个，所以在你看来，我竟从未离开过这里。其实，我已经在过去待了三四天。怎么样？祥林嫂的命运改变了吗？”

我想了想，摇头：“我没感觉什么不同。”

“没事，我们下山去问问就知道。”纬甫说，收起时光机，和我并肩下山，一边走一边说：“这次还算顺利，不过祥林嫂所在的那山坳实在太偏远，我探路时险些跌下山崖，你看，这裤腿上都跌脏了。”果然，我见他裤腿上有一些污迹，上山的时候还没有呢。

“你没事吧？”

“没事，就是耽误了点儿工夫，到的时候时间已经很紧张了，我拼命跑上山，到了贺家坳时，正巧看到那头狼钻出来，跑向阿毛，我赶紧过去打它，把狼堵得往回跑，把祥林嫂惊动了，她——她那时候还挺年轻的，我都忘了她年轻时的模样——她见状急了，扑上去跟狼拼命，狼也害怕，夹着尾巴逃走了。后来祥林嫂跟我千恩万谢，还留我吃了一顿饭——”

“你在说什么呀？”

我见他越说越不成话，终于忍不住打断他：“阿毛那孩子不是被山洪冲走的吗？我们不是说好了，你是要回到那天，阻止他不要去会被山洪流过的小溪边玩儿呀！”

四

纬甫用看怪物的眼神盯着我看了半晌："你是说真的？"

"那还有假吗，"我啼笑皆非，"鲁镇上人人都知道，祥林嫂跟谁都说阿毛被山洪冲走的事，你莫开玩笑了。"

"你……对了，"纬甫似乎想起一事，"我们刚才是不是在一张纸上写下祥林嫂的生平事情来着？"

"对呀。"我便把那字条给他，我先看了一眼，上面明明白白写着"某年月日，阿毛在某山谷中被山洪冲走"。

纬甫接过来看了，半天一言不发。

我也觉得蹊跷，纬甫照理不会和我开这种无稽的玩笑，问道："这到底是怎么回事？"

纬甫声音颤抖着说："迅哥，我想……我已经改变了历史，在本来的时空中，阿毛是被狼叼走的，我救下他后再回来，便成了被山洪冲走了，时间也在狼叼走事件之后半年多。只是你们的记忆也跟着改变了，没有察觉。"

此事太过匪夷所思，我想了半晌，才大约明白，说："这、这也太难以置信了吧，曾经阿毛是被狼叼走的吗？我只知道他已经被洪水冲走许多年了。"

"并不是'曾经'，整条时间线都改变了。对你来讲，这事在你的生平中从未发生过，但对我来讲，在我出发前你还一直相信阿毛是被狼叼走的……那你告诉我，祥林嫂还是死了吗？"

"是啊，昨晚病死了，否则我也不会今天找你了，"我说，"对了，我想起来了！那一年祥林嫂的确依稀提过，曾有一个好心的男人帮她赶跑了一头想吃阿毛的狼，看来你说得不错，那人其实是你！可是到头来还是什么也没有改变，那……那我们该怎么办呢？”

纬甫露出迷茫的表情：“我……我心里很乱，我要想想再说。”

他坐在路边一块石头上苦思了许久，才说：“看来这世界是抗拒被改变的，虽然我们改变了原来的时空，但一切仍然尽量按照原来的轨道进行！这就好像把一个球从山脚拿到山腰，它还是要往山脚滚落，不会停在山腰上。不过没关系，我再回去一趟就是了！”

“你还要打山洪中救出阿毛吗？”我问。

纬甫摇了摇头：“那个孩子在荒山野岭中生活，危险多如牛毛，就算从山洪中救出来，或者会被蛇咬，或者又掉下山崖……再回去救多少次怕也不够。时光机本身也未必经得起这么多实验，在真正改变历史之前，我们得尽量精简使用的次数。让我想想……”

“有了！”他想到一点，“我们要回到上一个节点，也就是她男人死之前，如果能救回她的男人，那么他们一家人安然过下去的概率就大得多了。不是说她男人是吃了一碗冷饭死的？这点没有变化吧？”

“这个……”我也思忖着说，“虽然如此，但伤寒本来凶险，病情反复多变，也不知道是不是真和那碗饭有关系。再者，按你刚才所说，即便救回了她男人，过几年，如果又得了什么病死掉，还是一样的。”

“这也是，”纬甫挠头说，“那该当如何？让我再看看那纸条上的记载。”

我递给他纸条，纬甫边看边说：“若是在她和贺老六洞房之前救她出来，带她离开山里又如何呢？她不用和贺家人纠缠在一起，也没有阿毛之死的伤心了。”

我说："大山中都是当地山民，愚昧顽固，救她出来谈何容易？再说就算真救出来，一个大男人带着一个青年寡妇上路，又成什么样子？又如何安置她？"

"唉，你说得不错，但是她要能脱离山间的环境，总是更好一些……有了！倒是有个折中的办法！"

我忙问端的，纬甫说："我设法让她丈夫带她出山来做事情，不就好了？离开了山间，便不易得伤寒，就算依旧死了，祥林嫂在镇上有活做，也不至于回到山里去。"

我说："但人家世代在深山里过日子，怎么能让他出来呢？"

"俗话说，有钱能使鬼推磨，我在国外还攒了点洋元，总会有办法，请他出来赚钱还会不干吗？谁不想过好日子呢？"

我们谈谈说说，又走回那山洞，纬甫打开时光机，我劝他不如休息一下，明日再去。他笑道："我在那边早已睡过一觉，此时正神完气足呢。事不宜迟，我这就去了，回来咱们还有真正的大事要办。"

我便又送他坐上时光机，他设下一个合适的时间——祥林嫂和贺老六婚后不久——然后拉下启动杆。一阵旋风过后，时光机便消失了。

这回等了一会儿，时光机才又出现。再见到纬甫时，他的胡子长长了一大截，身上的衣服也都换掉了，明明是冬日，却穿着夏天的薄衫。一见到我便抱着手臂打战说："哎呀，好冷！"

我忙给他分了一件外套，说："你在那边多久，何以变化如此大？"

纬甫说："待了快有半年！此事也是很费周章的，我先是找到了一个经常去贺家坳的买卖人，叫魏二的，让他设法令贺老六夫妇来鲁镇生活。那人自然不明白为什么我要干这事，我说鲁四太太希望祥林嫂回来帮忙，他也不太信，还以为是我有什么企图……不过怎么想都好，看在钱的分上魏二倒也用心去办，先是劝贺老六下山跟他收账，贺老六不干，他便安排了一个局，和贺家坳的人赌钱，找其他人当托，把贺老六的钱都赢光了。他赌红了眼，跟村里人借了不少钱继续赌，结果又输了，这么几天下来，欠了一大屁股债，村里待不下去了，便带祥林嫂来了鲁镇。后面祥林嫂求了你四婶，重回你四叔家做事，贺老六手脚也麻利，就去打一些短工，我再帮衬些，肯定比在山里种地强。我又等了几个月，确定他们安顿好了，这才回来。”

“纬甫，可是你——”

“对了，”他谈兴不改，“我回来前，祥林嫂已经有了身孕，阿毛已经在肚里等着出生了，这次他们都不在山里，或许命运便大不相同了！”

我越听越是不懂，问道：“阿毛是谁？”

“阿毛……你不知道？”

“纬甫！”我不解地说，“不是说好了你去过去改变祥林嫂的命运，让她继续待在山里，不要下山的吗？你怎么干的是相反的事呢？”

纬甫打了个寒战：“哎呀，我回去太久，忘记了回来后，你的记忆又被新的现实洗掉了。迅哥，你先告诉我，在你记忆中，祥林嫂怎么样了？她还在世吗？”

“你在说什么？”我越发迷惑，“祥林嫂上个月和阿花一起投河自杀了，所以你才要回去救人啊！你怎么了？还是冷吗？”

五

纬甫抚着额头，似乎脚下虚浮无力，扶住时光机的支架才勉强站住，他苦笑了一下：“没什么，请你先把详情告诉我。这里面的古怪，

我稍后再和你解释。”

我满腹疑问，但还是告诉他，那年贺老六和祥林嫂下山之后，一开始日子过得倒是还行，不久祥林嫂怀了身孕，贺老六还鞍前马后伺候着。柳妈、吴妈等同伴都很羡慕，说祥林嫂哪里修来这么好的福分。

谁知道祥林嫂生下来一个女儿，取名阿花，贺老六忽变了颜色，说她肚皮不争气，不能给自己生个儿子，对母女俩就不太照顾，祥林嫂月子没过，就要下地做事。她自己也颇多自责，很快又怀了一个孩子，这回倒生了个儿子，取名阿毛，但不到一岁，就夭折了。

贺老六大怒，说她没照顾好儿子才害得儿子病死，天天对母女俩非打即骂，渐渐地也不着家，又在外头赌钱，一赌输了许多。他还不上钱，债主看到祥林嫂模样还算周正，竟然起了歪念头，跟贺老六说，要他老婆肉偿来还债。贺老六本来不干，但人家又许给他一笔好处，他也就答应了……

纬甫听到这里，握紧了拳头，切齿骂道：“贺老六竟是这种畜生！”

“可不是吗，”我愤愤地说，“祥林嫂自然不依，但那几个流氓用强，一个弱女子如何反抗？终究……祥林嫂性子刚烈，当晚上了吊。不过却被贺老六及时发现救下，没有死成。贺老六似乎也稍萌悔意，照看了她好几天，对她好了一些，祥林嫂想还有小女儿嗷嗷待哺，慢慢也就认命了。

“事后想来，要是那时候死了也许还好些，后来也没过多久安生日子，贺老六稍微有点儿积蓄，本性难移，又去赌钱，自然输了个干净，借了钱又输了，这回他逃到外地躲债，也有人说，他被人砍死了沉湖……反正他消失得无影无踪。很快债主上了门，逼祥林嫂还债，祥林嫂又有什么办法，只好……有了第一次便有第二次，也便有无数次了，这事传出去，她名声大坏，四叔家也不能再留她做事，她流落在外头，没钱养活自己和女儿，更只有靠皮肉生意。一来二去，镇上没有占过她便宜的男人，怕是也不多了。”

“我真的没想到会是这样……难道是我……”纬甫抱着头，喃喃道，“若非我引诱贺老六赌钱，也许还不至于这样……但……那后来如何了？”

我叹了口气，接着说：“祥林嫂沦为私娼，也是为了一份牵挂，就是她女儿阿花，她还痴心妄想，女儿能够有个好归宿呢。这几年她渐渐年老色衰，阿花一天天长大了，不过也才十一二岁。谁知上个月，赵太爷的儿子晚上去她家里，夜里悄悄爬上了她女儿的床，小姑娘拼命反抗，祥林嫂听到响动走出来，拿把刀本想吓走他，但搏斗之际，竟然刺死了那姓赵的。祥林嫂觉得自己母女再无生路，便留下一份遗书，说明事情经过，然后和女儿抱在一起跳了河……这也是近年鲁镇最轰动的大事了，昨天我们还谈起这事，你不是还愤恨不已，说要用时光机回去改变她的命运吗？”

“我……”纬甫面色惨白，几乎说不出话，但目光渐渐坚定起来，“我确实是铸成了大错！但因此我便更要去救她，总要将一切再更正过来。”

他跟我解释，每次改变历史后，除了他之外，其他人的记忆都会消失。我听得似懂非懂，但总算明白，他要再次回到过去，设法挽回祥林嫂的命运。

“这回，我一定要带她走！”他坚定地说。

六

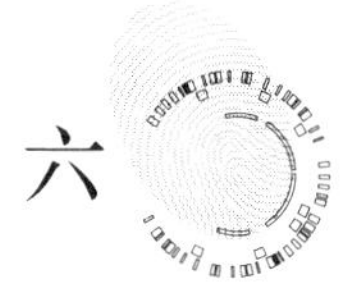

纬甫坐上时光机，消失然后又出现。转眼又变了一番模样，衣服不同了，从单薄的长衫变成了颇为高档的呢子大衣，还戴着礼帽，但面目憔悴无光，似乎老了十岁。

“纬甫，你总算回来了！”我问他：“你怎么脸色这么差？你找到孔乙已的下落了吗？”

“孔乙已？”他苦笑道：“我看，你又不记得祥林嫂的事了吧？”

“祥林嫂是谁？”我奇怪地问。

“你真的不记得了，”纬甫苦笑着说：“这是一个漫长的故事，而且每次都变得更长一些，这次更是长得难以置信……”

我慢慢想起来，“哦，祥林嫂就是我们小时候四叔家的女佣啊，她不是被人贩子拐走很久了吗？你为何忽然提她？”

“那个人贩子吗……”纬甫吞吞吐吐地说，脸上红一阵白一阵，“你不要吃惊，就是我，回到过去的我……”

纬甫脸色难看，似乎不愿意多说，但经不住我盘问，还是告诉了我大概的经过。

前情不再赘述。单说他此番返回过去，出现在十余年前祥林嫂被她婆婆抓走之前，他找来一条乌篷船，又许以重利，雇了几个当地的闲汉，趁着祥林嫂洗米的时候，拖她上了船，捂住了嘴巴。祥林嫂自然惊怕挣扎，但纬甫按着她躲在暗处，看到她婆婆和卫老婆子带着一干人等出现，似乎在到处找她，祥林嫂便吓得一声都不敢吭。

纬甫说："这里留不得了，我带你走，你信我。"祥林嫂惊异地盯着他，似乎在判断这个陌生青年的善恶，终于缓缓点头。

他们一路坐船，又经历了几次波折，终于平安到了上海。那十里洋场鱼龙混杂，藏污纳垢的地方不知多少，不过倒是谁也不管谁的来历，大可隐姓埋名。祥林嫂大字不识，只能进工厂当纺织女工，收入微薄。纬甫不敢马上离去，想再照看祥林嫂一阵，带来的银圆却都用完了。他在报纸上看到有一间私立女校聘请英文教师，便去面试，他英文既娴熟还通晓理学，学校自然极为满意，当即聘用他为英文及数学教师，报酬甚是优厚。纬甫想多些钱帮衬祥林嫂也是好的，何况可以和一些沪上名流学者往来，也不寂寞。于是在这里多留了几个月，这一留，二者的关系竟发生了质的改变。

原来祥林嫂见纬甫救了她又带她来上海，还补贴家用，感激涕零，常常来他屋里打扫做饭，纬甫也顺便教她读书认字，想让她有机会成为一个文员。纬甫本与祥林嫂差了十几岁，但穿越回去后，此消彼长，年轻的祥林嫂竟比他还要小了几岁，二人朝夕相处，一个悉心教导，一个想要报答。关系不免渐渐暧昧，纬甫自己却未察觉，或者内心察觉而不愿承认。不过时日一久，他也感觉不妥，那日他本决定最后去见一次祥林嫂，便乘时光机返回。见到祥林嫂，这温柔女子却为他织了一件衣服，在他身上比来划去。他不知为何，心神一荡，抓住了祥林嫂的手腕。祥林嫂也含羞抱住了他……一夜缱绻，早上醒来，祥林嫂已经在为他做早饭了。

这一下纬甫再也抽身不得，反与祥林嫂住在了一起。但一个是大学者，一个是小村姑，身份不相配，情趣也不相投，纬甫对祥林嫂更多是同情而非爱慕。祥林嫂始终学不会认字，穿衣戴帽也土里土气，容貌虽说还算周正，但比起学校中那些大家小姐又差得远，带出去都惹人侧目。纬甫与她同居，常被邻人指点，内心烦闷，也就常常对祥林嫂发火。祥林嫂总是逆来顺受，她也不指望纬甫明媒正娶，说只要在他身边伺候便足矣。然而纬甫并不想留在这个时代，随着时日推移，对这段孽缘也越发厌烦。为了让祥林嫂离开自己，甚至恶言相向，但食色性也，一边嫌弃这段关系，一边仍然不免同床共枕。

几个月后，祥林嫂月事不至，竟是怀了身孕，她心中欢喜，纬甫却如遭雷殛，想这女子有了他的孩子，他还如何能走得了？岂不是一辈子都被拴在这村妇身边！又如何能实现自己的救国大业？他左思右想，想好言好语哄祥林嫂将孩子打掉，不料祥林嫂死活不愿，二人由争吵而至动手。纬甫冲动之下，推搡了她一把，祥林嫂从阁楼上滚下来，裙下流出大量的鲜血，人当场昏厥。等送到医院时，大人孩子都已经没了……

七

“是我杀了她！”说到此处，纬甫抱着头，带着哭腔说，“其实我比贺老六那些人又好到哪里去了？我原来是个如此自私狠毒的人，还救什么国？还救什么民？罢了，我、我要砸了这破机器！”

那时光机本来极轻，他抬起来便往地上摔，我急忙抓住他胳膊：“纬甫，你可要想清楚！砸了就再也没有挽回的余地了！而祥林嫂便永远被你害死了！”

纬甫颓然坐倒，喃喃说："挽回？我挽回过三次了，在那些真真假假的时空已经耗费了一年多的光阴，但她永远难逃一死，大概时光机也改变不了命运的安排！我还能怎么挽回？还要耗费多少岁月去挽回呢？罢了，我干脆回去，在祥林嫂还是婴儿的时候便掐死了她，也让她少受点罪罢！"

"你冷静些！祥林嫂是最无辜的，你怎么能够还杀她？"

"呵呵，"他怪笑起来，"那谁是有辜的人，我该去杀谁？是那头狼吗？杀了它又有洪水！是贺老六吗？他本来自己已经病死了，是我把他弄到了鲁镇；难道是我吗？我前后花了一两年时间一心要救她，却越来越不可收拾，但若没有我，她的命运又有什么希望呢？谁是罪魁祸首呢——谁——"他忽然停了下来，愣了半晌，然后猛地一击掌：

"对呀，这么简单的方法，我一直竟然未有想到！"

"什么方法？"我忙问。

纬甫森森地笑了起来："不是说了吗，杀人，杀人啊！这是最简单也最直接的法子，只要那两个人一死，问题就解决了。"

"杀谁？"我紧张地问。

"你果然忘了，自然是祥林嫂原先的婆婆和小叔子！"他咬牙切齿地说，"只要夫家的人一死，就再没人来上门抓祥林嫂，祥林嫂便能一直在四叔家干下去，平平安安的，也不会有其他枝节，你说对不对？"

"这……这倒是……但他们未必犯了死罪……"我总觉得不妥。

"迅哥，你我都是受过新教育的，他们把童养媳当成私产，肆意绑架买卖，最后害死了一条——也许是好几条——人命，哪个文明国家会容忍这种事？他们早就该死了！"

“但他们也只是愚昧……”我嗫嚅说。

“愚昧还不该死吗？若他们不死，祥林嫂的悲剧就只能继续，别无生路。这个实验已经持续了太久，我们不能再有妇人之仁！要易天改命，却连这等最可恨的渣滓也要同情，那是永远也无法成功的。”纬甫决然地说，匆匆又去启动了机器。我想纬甫或许也是怀着一股愧疚之感，要尽快抹去祥林嫂（和他自己的孩子）被他害死的这段历史，让一切从未存在过。我想要劝他三思而行，但也想不出更好的主意，何况我一个旁观者，在一个几乎搭上自己人生与厄运搏斗的人面前，任何意见都显得轻浮无力。

这一回纬甫消失后，却半晌没有出现。我有些不安，想他一个手无缚鸡之力的书生，一时激愤要去杀人，也是过于冲动，万一出了什么事……胸中越来越七上八下。又过了一阵，天色渐渐暗了下来，纬甫始终没有出现。我开始感到浑身发冷，也许他就和时光机的上一任主人一样，迷失在过去时光的迷宫中，再也回不来了。

我又等了许久，靠着山洞边上，心里七上八下的，不觉眼皮打架，竟然睡着了。等到醒来时，天色已经全黑。我一时忘了何以自己为何会躺在这小山洞里，过了一会儿才想起事情的原委，也不知纬甫是否成功了。按理说，如果他成功了，我的记忆就会被改写，但我仔细想那一个个事件节点：帮佣，绑架，改嫁，夫死，子亡……甚至昨天在路上的会面与交谈，种种事实都历历在目。看来纬甫这次真的凶多吉少了。

我又等了一会儿，想再等下去也不是办法，只有先行下山。走到鲁镇边上，正当祝福前夕，小孩子跑来跑去，噼里啪啦乱放鞭炮，一派热闹景象。我想四叔四婶应该已经吃过了晚饭，今夜要举行祝福，这顿饭相当重要，我住在他家里却无故缺席，见到四叔难免又是一顿训话，是以从后门进去，想悄悄回到房中。

后门进去是柴房，这个时辰本来不该有人，但我走过时，门忽然弹开，一团黑漆漆的影子冒出来，吓了我一跳，却听那影子说："迅哥，是我！"

"纬甫？你怎么在这里？！"借着远处的灯火，我看清了他，披头散发，目光涣散，狼狈不堪，身上——我不由打了个寒战——身上满是血污……

"我弄错了时间，"他说，"早到了半天，又穿到鲁四爷家里……"

"先别说了！"我打断他，看四顾无人，"来，到我房里再说。"

我拉着他行了几步，走过后院的边门，只巴望着不被人看到，但怕什么偏来什么，迎面却撞见了四婶，满面春风，手里捧着不知谁送的礼盒。

"哎哟，怎么是你，"四婶微微埋怨道，"险些撞到我！刚才寻不见你，你在这里做什么？咦，这是——"她已经看到了我身后的纬甫。

我挤出一个笑容说："四婶，这是我朋友吕纬甫，你以前也见过的。他在镇上无亲，我就让他来我房里过年……"

"是纬甫啊，"四婶打量着他，"前日赵家嫂子是说见到你来了，怎么也不来家里坐坐？哎哟，你身上何以那么脏？哎呀这是——"她吓得退了一步。

纬甫面色惨白如纸，说不出话，我忙遮掩道："那个……刚才我们在镇西王屠户那里看杀猪，纬甫不小心溅到了些血……"

这话破绽很多，四婶也不太相信，狐疑说："你们不会是惹了什么麻烦罢？你四叔可最讨厌这种事！"

"四婶多虑了，哪有什么事？你先忙去，咱们回头细说。"我匆匆抛下两句话，拉着纬甫回到房里，又闩上了门。

纬甫坐在床上，兀自神不守舍，我给他倒了一杯茶水，小心地问：“你救人的事，怎么样了？”

我预计他说失败，但纬甫苦笑了一下，说：“非常顺利，不过事情办完之后，你在这一时空中的记忆也改写了……”

“但我觉得记忆并没有任何改变啊。”

“你自然不会觉得，因为过去已经又被抹去了，当事人的命运彻底改变，你的记忆也就重新塑造了。”

“可是我仍然记得，昨晚柳妈还是去世了……”

“哈哈，柳妈！”纬甫怪笑了起来，“你已经完全忘记了，整件事，就是因你刚才见到的人而起的！”

我想了一下才明白他说的是谁：“你是说四婶？这事和她有什么关系？”

“关系太大了！你不知道这位四婶，就是以前的祥林嫂吗！”

八

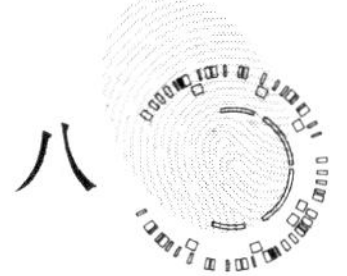

“这个我当然知道，”我又好气又好笑，告诉他说，“你我小时候，四婶本来是在四叔家里做事，她手脚勤快，办事麻利，很得四叔的信任，早几年老四婶因病去世，四叔便纳了她做小，后来又生了儿子……虽她出身太低，一直也没有扶正，但家里家外都是她主持，我们也就叫改口叫小四婶，后来‘小’字也渐渐不提，只叫四婶……莫非你刚回国，还不清楚这事？”

“太清楚了！这恰恰说明我成功了，”纬甫说，脸上却没有丝毫笑意，“迅哥，你先不要问，听我说，这是一个太长太长的故事，在另外一个世界里，祥林嫂却是另外一番命运……”

纬甫跟我说了许多我压根儿不记得，或者和记忆完全相反的事，不过有些如他偷来时光机拿来救国的事，又和我的记忆吻合，林林总总，便是我上文所记叙的内容。他讲述的过程中，我有多么惊诧震动，用任何笔墨也难以形容。最后听他说决定回去杀人，我才恍然大悟:“你身上的血，莫非……莫非是……”

“不错，”纬甫干涩地说，“我回到祥林嫂被绑走之前数日，找到她婆婆家，我看到她从卫老婆子那里打听祥林嫂的下落，也听到她叫人去找几个本家的汉子帮忙……她是决意要犯下这罪行了。我想不能再耽搁，下定决心，便在当天夜里潜入她家中，她家徒四壁，也没什么值钱物事，也不防人来偷，我轻而易举便闯入了她的房里。

“我本来想一刀便结果这恶毒女人，但那时月光透过墙上的破洞，照在她脸上，我端详了一下，那竟是一张和后来祥林嫂差不多干枯的脸，只有三四十岁，但已经满是风霜。纵然不是善良之辈，但也不像是奸恶之徒。其实她的做法，也是生活所迫，再说也没有人教她这是错的，祖祖辈辈的观念，换了第二个人，也未必会不同。我的手颤抖了，下不去手。

“但也许是我的动作惊扰了她，那女人竟然睁开了眼睛，顿时吓得尖叫起来，我把刀架在她脖子上，让她住口。这女人苦苦哀求我，让我不要害她，我看中什么都可以拿去。我本来已经下定决心，但这时候也不免心软，便说：‘我不要你什么，只要你们以后不要去打祥林嫂的主意，就饶你的性命！’

“我是多么愚蠢啊！这话说出口，她马上露出狠毒的目光，说：

‘原来是那小娼妇让你来的？你是她的姘头？’话说出口，发觉不对，又急忙告饶，‘好好，我再不去找她了，你饶了我吧。’但那一刻，我从她眼光中看出这女人绝不会善罢甘休，若回头去报官，会给祥林嫂带来更大的麻烦。我心一乱，一刀下去，血溅出来，但没有砍中要害，她叫得更大声了，我又是一刀，她还在叫，我——”

我听得毛骨悚然，身子不觉往后缩去。纬甫感到了，惨然说：“你也害怕了吧，迅哥，我已经变成了一个连自己都不认识的杀人犯了！我是领略了拉斯柯尔尼科夫那样的痛苦了！但还不止于此，她那个小儿子睡在外头，听到响动走进来，见我在杀他母亲，急着冲上来跟我搏斗，那孩子只有十五六岁，身子又瘦弱，我本不想杀他，但他跟我拼命，混乱中，我还是把刀捅进了他胸口……我自己也溅了满身的血污。

“一来二去，已经惊动了邻居，村里的狗狂吠不已，许多人家亮了灯，我只好连夜逃走，赶回了鲁镇。本来想回到上次那小山洞里再启动时光机，但街上又遇到一队兵丁，好像在抓一个革命党，见我行为可疑，嘴里呼喝‘夏瑜哪里走’，追了上来。我情急之下，跳进了鲁家的围墙。他们也追到鲁家门口，我见形势紧迫，就在那柴房之中，启动了时光机。

“匆忙中，我把时间输错了几个数字，早到了几个时辰，好在没有被人看到。我正要出院子，却看到祥林嫂出来了，指挥着几个工人打扫后院，好像是准备举行祝福仪式。这一眼让我多么难以置信！同样的年纪，她曾经如垂死的老妪，但这一时空中她年轻丰腴，穿着体面，好像只有三十岁上下，和当初——不，在另一个不复存在的世界里——我们相好时的模样相差无几。到底发生了什么呢？

“我躲在柴房中，听到她和用人说话，口吻和作派都大不相同，对于她后来的命运变化，我也猜出了七八分。她被你四叔收房做小，还生了孩子，未必谈得上多么幸福，但境况总也是远离饥寒与屈辱的。我自然为她高兴，纵然她已经不记得上一个时空中和我的……纵然我犯下了深重的杀孽，但终究挽救了一个好女人。但这时候，她说了一句话，让我从心底感到了无边的恐惧，你知道是什么吗？”

我摇了摇头，毫无头绪，四婶说句话，又有什么令人恐惧的？纬甫说：“我听到她对用人说，‘柳妈也真是不祥，早不死，晚不死，偏在这时候死了，马上就要祝福了，你们切不可提起，又惹得老爷光火。’我也不知发生了什么事，但听到这些，我身上起了一阵鸡皮疙瘩。一切都改变了对吗？可又好像一切都没有改变似的。好比是一个戏班子中互换了角色，但舞台上还是一样的剧情……”

我说：“这个也不能怪四婶……祥林嫂，柳妈也是因为据说克死了丈夫和儿子，所以被人排挤，祥林嫂其实对她还算不错的，一直请她当女工，只是那日不让她去碰供桌，以免惹四叔不快，她受了嫌弃，做事就不怎么利落了，后来离开了鲁家，昨天死在了卫老婆子那里。”

“啊哈哈哈……”纬甫愣了半晌，忽然怪笑了起来，“我折腾了快两年，祥林嫂终于有了一个好结局，但她的位置上却换成了另一个人！无非是换了一个人受苦罢了！我只是改变了人在关系中的位置，而没有改变关系本身，好像让奴隶成为奴隶主，又何尝能摧毁奴隶制，只是让这制度更加牢固了。”

“的确如此……”我也叹息。

“后来我又想，即便我们的谋划能够成功，但有人无辜受苦是变不了的。迅哥，我们需要有一个总体的方案，除去于人生毫无意义的苦痛，让人类都受正当的幸福，但该怎么做呢？这些问题我想了很久也想不明白。”

他说完了。我消化着他的话语，也没有开口。沉默了很久后，我揉了揉太阳穴，拍了拍他肩膀：“纬甫，既然一时难以决断，还是先好好过个年，一切等将来再说，将来总会有法子。”

“对呀！”他忽然目中灵光一闪，抓住我的手，“你说得太对了！将来、将来一定会有法子的，不是吗？”

“这个，我想应该是的……”我不明白他为什么对随口一句话如此激动。

“所以我要去未来世界！”他如抓住了一根救命稻草，急急说，“人类的科学与文明再发展几百年，一定会有答案的。那时候人们一定知道，什么是真正理想的社会、真正有尊严的生活，如何才能让祥林嫂这样受侮辱和迫害的人得到应得的幸福，也不让其他人代替她受苦……这里面的学问太深了，也许今天那些大思想家也不一定对，但未来的人一定会有正确答案的。你觉得呢？”

“我……”我仍不无疑虑，但也被他所鼓舞，“我不知道……也许你是对的，过去的世界是一潭死水，越在里面兜转越是痛苦，就像一个铁屋子，会吞噬每一个人的生命、青春和精神，甚至把每个人都变成铁墙的一部分，没有人能逃出去……还是选择去未来吧，好歹会有希望……比金子还珍贵的希望……”

但我又想到一个问题：“对了，你要去什么时代呢？单说未来也太笼统了，三天以后是未来，一万年以后也是未来。”

他想了想说：“就先去一百年以后吧，如果找不到答案就再去两百年、三百年、五百年后……还有许许多多的时光，还有无尽的将来，人类连时光机这样神奇的东西都能发明，如果还不能让人们不再彼此伤害，找到自己的出路，也太荒唐了。”

“是啊……”我也被他的情绪感染，对未来心生向往，但又感到一阵不舍，“这也不用急于一时，等过完年再说吧？其实关于时光机的详情，我还有好多事想问你——”

但此时，门外传来了四婶——祥林嫂——有些歉意也有些提防的声音：“迅哥，你四叔让你立刻带纬甫去见他，他说有要紧话说。”

“啊……哦……”

纬甫微笑了：“你看，我留不了了。不过你放心，我在未来世界无论待多久，都会回来找你的！我很快就回来，我们再一起过个好年！”他一边说，一边打开时光机，调整着时间，我看到他转出来一个“2020”，虽然“只是”一个世纪后，但对我们来说，已经是极其遥远、可以寄托无限希望的时代了。那将是怎样一个年份呢……

“不是，我……”

我还待说话，纬甫已经发动了时光机。它随即化为一团闪烁的旋转光影，消失在空气中。

门外四婶还在叫我，我答应了几声，但迟迟未开门。我焦急地等着纬甫回来，从那遥不可及的未来世界回来，告诉我属于所有人的、真正的好消息。但那光影消失后，眼前只有一盏豆灯，照着桌上的几卷古书。时间一点一滴流逝，但纬甫再未出现。

我等了很久，直到四婶已经有些愠怒，才出去敷衍了一下四叔，说纬甫有事离去了，少不了又被他们说了一顿。等回到房中，仍然不见纬甫。他去了2020年吗？他去了多少个时代？又见到了多少个世界？他找到了他的答案，还是被困在未来岁月的某个角落里了？或者他已经找到了一个最自由和幸福的世界，再也不想回到如今这个龌龊肮脏的时空中了？

我想着这些无解的问题，在不知不觉中又睡着了。蒙眬中听到响动，以为是纬甫的时光机终于回来，一下惊起，睁眼却看见豆一般大的黄色的灯火光，接着又听得毕毕剥剥的鞭炮，是四叔家正在“祝福”了，知道已是五更将近时候。又隐约听到远处的爆竹声连绵不断，似乎合成一天音响的浓云，夹着团团飞舞的雪花，拥抱了全市镇。我在这亲热的拥抱中，忽感到懒散而且舒适，从白天以至初夜的焦虑，全给祝福的空气一扫而空，只觉得天地圣众歆享了牲醴和香烟，都醉醺醺地在空中蹒跚，预备在未来那无穷无尽的时光中，给人类以无限的幸福。

作者感言：鲁迅的《祝福》是几代人都耳熟能详的现实主义名篇，讲述了清末民初中国社会中一个底层女性的悲剧故事。这自然是一个愚昧落后、苦难深重的时代，但同时又是变化万千的时代，科技、文化突飞猛进，各种思潮和主义纷至沓来。鲁迅本身就是新时代的先锋，也是科幻小说在中国最早的译介者。那个时代的知识分子不同于传统的士大夫，除了救国救民的关怀，还浸染和吸收着来自异域的无穷可能。虽然在后来的记述中，很多东西已被遗忘，但在他们笔下，大时代的激荡仍然充满原发的魅力，自然也体现在鲁迅本人的许多作品中。

这篇小说是以科幻的方式，打通鲁迅和威尔士（今译威尔斯）之世界的一种尝试。虽是小说家言，不过威尔士的《时间机器》民国初期已有中译本，题为《八十万年后之世界》，译者心一，进步书局1915年出版，是在中国翻译出版的威尔士的第一本书。两个世界其实早已隐然碰撞，当时的中国读者对时间机器展开想象，希望“穿越救国”，也不无可能吧？

小说是应科幻机构“未来事务管理局”之邀写的“科幻春晚”主题文，完成于2019年底，因为故事氛围偏于灰暗，为表示一个好意头，随手便写下了文末纬甫前往2020年一游的开放式结局。谁知后来有读者表示，这才是小说中最黑色幽默的“神来之笔”！实属无心插柳，一笑。

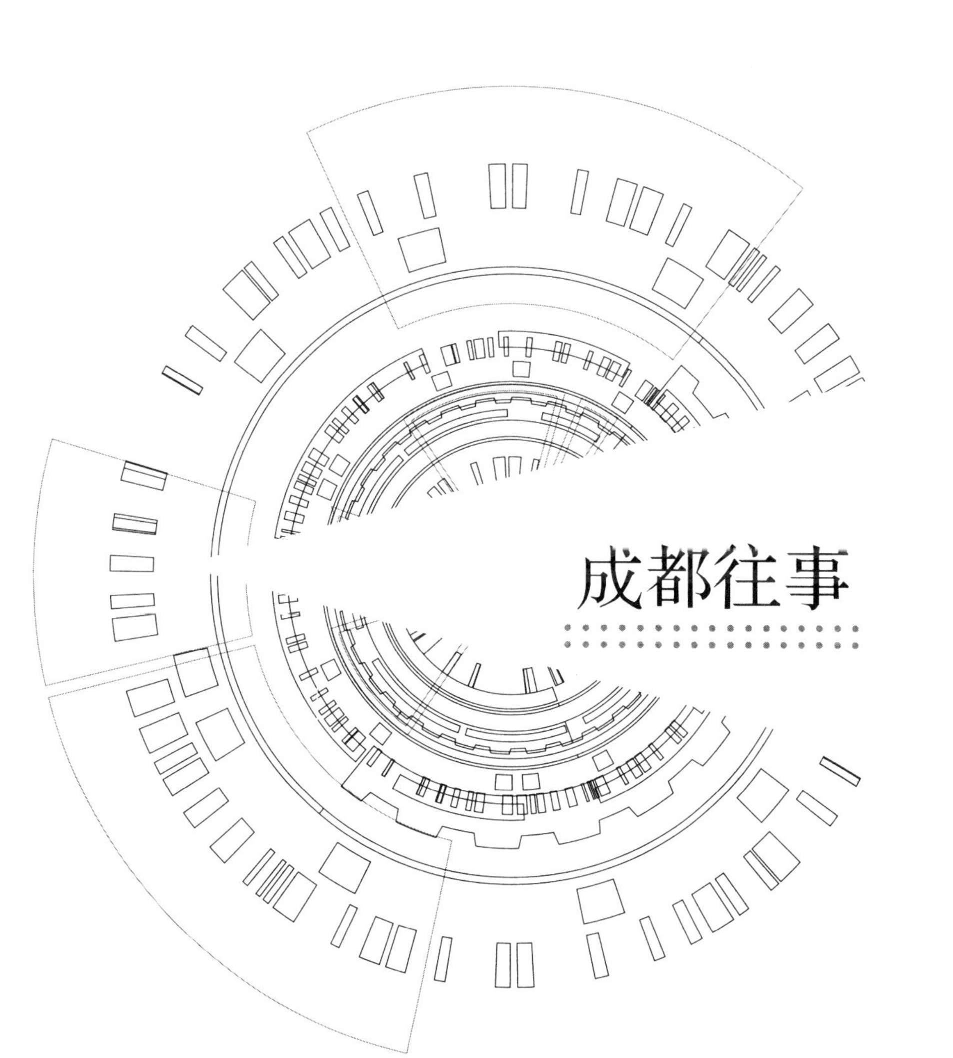

成都往事

一

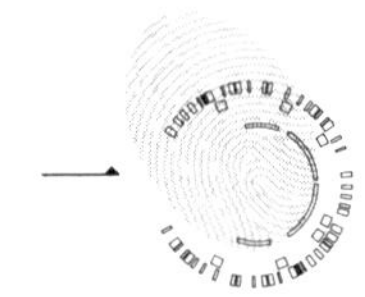

我站在高峻的祭天台上，眼前横亘着丝带般闪亮的清江，蜿蜒着通向天边的连绵雪山。我面戴冰冷的青铜面具，手持裹金箔的鱼鸟权杖，迎着东升的朝阳，将蚕丛王传下的古老祭文喃喃念诵。珍贵的金器、铜器、玉器和象牙一批批倒入我脚下的祭祀坑里，碰撞，倾覆，破碎。

就像我的蜀国一样。

滔滔洪水毁灭了东方的故都，我敬爱的父王死于大水中。我在王宫废墟上接过权杖，带领剩下的族人迁徙到西边的平原，在千里旷野上建起一座新城，名为广都。但洪水仍不时降临，新建的城池也濒临毁灭。

上百个人牲被驱赶到坑边，有男有女，还有不少稚嫩的孩童。武士们推搡着，将他们一个个赶进土坑中，他们试图爬上来，却一次次被周围武士用戈矛赶回坑内。人们发出绝望的哭喊声，恳求众神的怜悯，当然也在恳求他们的王。我别过眼睛，尽量不看他们。我不忍活埋自己的子民，但这是必须进行的祭祀，唯有人祭才能平息神祇的愤怒，王也无能为力。

耀眼的白光出现在江边，灼目的光华盖过太阳。我的念诵戛然而止，呆呆地盯着那里。光芒慢慢褪去，显出一个纤细的身影。那是个修长而瘦削的女郎，梳着圆形的发髻，穿着我从未见过的衣装，深红的波纹在黑色的长衣上流动，左手手腕上戴着一个熠熠发光的银环。

神人降临。我和臣民们都跪倒在地，匍匐叩首。她沿着阶梯走上祭祀台，走向我，指着我的脸，说了一些我完全听不懂的话，又做了几个手势，我紧张地想了好一会儿，才猜到她的意思——摘下凸眼的面具。清晨的江风吹在我脸上，神女看着我，她的容颜年轻又苍老，目光如星闪亮又如潭深邃，令我心跳，令我战栗。

那些待毙的人牲发出歇斯底里地哭求，吸引了神女的注意，她指着他们，又对我摆手，手腕上的银环在阳光下闪耀。我明白了她的意思，心里感到一阵轻快，下令释放所有的人，这是来自神的命令，巫师们当然不敢违逆。神女粲然一笑，牙齿洁白如岷山上的雪。

神女自称“朱利”，或者听起来像“朱利”的发音，因为她只会讲神的语言，而不说蜀人的话。她住进我的王宫，换上我们的衣裳，和我们吃一样的稻米和鱼虾，也学习我们的话。很快，我们彼此能够初步沟通，我代表蜀国祈求她帮助我们的国度解除水患。她打开一个神奇的背包，放出会变形的青鸟，飞到天上又飞回来，在王宫的帷幕上投射出大地山河的缩影。朱利指点着图画，让我们凿开玉山，打通岷沱二江，分流泄洪。这是一场浩大无比的工程，我们指望她能用神力移开大山，划出河道，让蜀人永不受洪水之苦，但她说人间之事只能人类自己去完成，纵然要花几十年的光阴。

我与朱利日夕长谈，终于下定决心，调动各部落人手凿山。最初，在神女的鼓励下，人人干劲十足，但工程旷日持久，看不到成效，怀疑在人们心中滋生。渐渐流言四起，说朱利是河鱼所化的女妖，迷惑了杜宇王，要破坏蜀国的大好山河，毁灭全蜀。暴乱开始零星发生，我派遣精锐武士严加镇压，又依照朱利的建议，改革各部落领地，任命流官，分而治之。在朱利的力劝下，我也减少祭祀并废除了人牲，巫祝们失去了以往的地位，纷纷说我改变先王成法，必有灾殃，但我置之不理。

其实私下里我也不无疑虑。从蚕丛、鱼凫直到今天，古老的蜀邦屹立千载有余，千年旧法，一朝更易，是祸是福？

我把内心担忧告诉朱利，她指着岷山下的滔滔江水："杜宇，没有什么能永远不变，时光永不停息，历史滚滚向前，正如这东流之水，日夜奔腾。我们曾以为牢不可摧的一切，在无限时光中不过是转瞬即逝的泡影。总有一天，你会明白。"

我似懂非懂，咀嚼着她的话语，坚定了革新的决心，在我的坚持下，新政逐见成效，反对的声浪渐渐平息。

三年后的春天，在缫丝结束的庆典上，蚕娘们载歌载舞，为我和朱利献上新丝织成的华服。我们换上缀着玉石片的丝衣，相视而笑。那一刻，我仿佛刚刚发现朱利的明艳动人。若她不是女神，我忽然想，我纵然发动战争，倾覆国家，身败名裂，也要得到她的垂青。

庖厨献上鲜美的鱼汤，我一饮而尽，片刻后腹痛如绞，忍不住滚倒在地，大声呼痛。朱利奔过来，将我的上身抱在怀中，她的身体我以前从不敢触碰，却发现竟是那么温暖而柔软，剧痛都不由减轻了几分。

周围的巫祝们围了上来，奇异地沉默着，目光闪烁而狡诈，我顿悟原来是他们下毒，但为时已晚。

"是河中妖女毒害大王，杀掉她！"不知谁第一个喊道。这话给了所有人勇气，他们撕下伪装，围住我们，大砍大杀。我手下几名忠勇的武士竭力抵抗着他们的围攻，却一个又一个倒下。

在刀光剑影中，朱利将一枚古怪的半透明药丸塞进我嘴里，让我吞服下去。

"杜宇，你不会死的，"她眼中竟闪现出泪光，"但往后我再也见不到你了，珍重。"

我想说话，但已说不出口。她吻了一下我的额头，转动手腕上那个复杂精细的银色圆环，那东西有许多圈层，上面印着整饬密麻的符文，但我从不知道有什么用处。此时，她立即被一团光裹住，闪烁着消失在空气中。就如她出现时那样神秘。

巫祝们受到惊吓，一时纷纷向四周退开，但见那光消失后并无异样，想了想又围上来，将垂死的我围在其中。他们低下头，阴冷怨毒的目光聚集在我身上，仿佛是一群等着猎物死去的秃鹫。朱利的药丸似乎毫无用处，我抽搐着，缓缓地吐出最后一口气，意识模糊下去，魂魄沉入死渊。

二

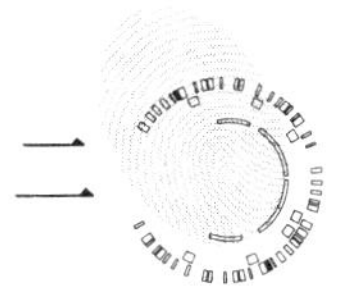

我在三天后醒来，发现自己躺在华贵的船棺里，我瞬间清醒过来，头脑从未如此清明，身体也是从未有过的活力充沛。我推开盖上了一半的棺盖，猛然坐起身，吓跑了正在念诵往生咒文的巫祝。几个忠心的将领欣喜地围住我，欢呼大王的起死回生。我在军队的簇拥下回到王宫，把刚坐上我王位的小侄子赶下台，抓获了所有参与阴谋的巫师，毫不留情地送他们去河底服侍水神。

局势平定后，我无比怀念朱利，但我不知道她在哪里。她是在我面前消失的，她能去哪里呢？对她我仍然一无所知。我只有按最笨的办法，分派人手，到蜀中各地去寻找朱利，但一直没有消息。

毫无结果的找寻持续了三年，我甚至派人去了东方的巴人、南方的滇人、西方的羌人和北方的周人那里打探，但一无所获。我不得不放弃。我想，也许她已经回归天界，只有死后才能再见到她。

后来我常常去我们第一次见面的江边，期待她某天会再出现，但那里只有悲风呜咽，江水浩荡。我命诗人为她写下动听的歌谣，让她的令名万古传颂。此后我心无旁骛，一心扑在治水上，二十年后，工程初见成效，广都暂免水患，国势开始蒸蒸日上，而我也发现了朱利留给我的一样神奇礼物。

拜那枚仙丹所赐，我再也不会变老了。我的脸上不会长出皱纹，我的头上没有一丝白发，我永远不会生病，就连最可怕的瘟疫也无法让我倒下。

三十年，四十年，五十年过去了，时间才是最可怕的洪水，卷走了我周围所有的人。亲人和臣僚们一个个躺在船棺中沉入大地，但我仍端坐在太阳神鸟环绕的王座上，容颜不改，只是一直没有子嗣。新的臣民私下议论纷纷，说我是杜鹃鸟所化的妖魅，所以永不衰老，也不能和人类结合。

我日益厌倦了这样无味的统治。当年，朱利曾经提及，群山并非世界的尽头，在那后面还有广阔的天地，但我毫无兴趣，蜀人世世代代居住在这群山环绕的天赐沃土上，外面的蛮族与我们何干？但许多年后，跋山涉水的商人们越来越多，也带来山外的消息，他们告诉我，山外有许多文明开化的国度，有比岷江更宽广的江河，也有比广都更宏伟的都城。我终于下定决心自己出去看一看，或许能在外面的世界里找到朱利的踪迹。

我把王位让给了丞相鳖灵，让他继续推进治水的工程，然后离开广都，沿着南方的江水东下。朱利说过，奔流的大江会汇入一片叫作“海”的无垠之水。我想去看一看海的样子。

山的外面，果然是一个更缤纷灿烂的世界。他们称自己为诸夏，在和蚕丛王同样古老的时代，就建立了完全不同的邦国。如今在洛阳的周朝统御着天下万邦。

数不清的年月流逝，我以不同的名字在各国游历，从云雾缭绕的云梦泽到烟波浩渺的东海，从热闹繁华的临淄到古朴凝重的蓟京，过几十年就换一个姓名和身份。我学会了华夏族人的语言和文明，忘却了自己曾是蜀王，而几乎成了中原人。

多年内，我加入过齐桓公的军队，追随过流亡的晋文公，也曾是孔夫子的三千弟子之一。我吟唱诗书的篇章，钻研周易的奥义，游走于诸子百家中，汲取各种知识，想找出发生在我身上事情的原委。不过，一直毫无头绪。

后来，列国的战争越来越激烈，我在齐国稷下学宫里躲藏了很多年，齐王发现我不老不死，将我当成神仙，我跟他扯谎说，自己来自海外仙山，他却要我传授他不老术。我实在被缠不过，逃去了楚国，听说那里有一个叫庄周的智者，我想会一会他。

庄周早已隐居乡野，不问世事，我好不容易找到了他，说自己是来自稷下的学者，要和他讨论王官之学。庄周摇摇头，表示并没有什么兴趣。看到他的傲慢，我忍不住突兀地问他，懂不懂得长生之道。

“不懂。”他平静地说。

我暗自带着得意问他，知不知道长生者如活了八百年的彭祖，和常人有何不同。

他笑了笑说：“也没什么不一样的。”

“怎会没什么不一样？”我觉得此人未免太无知，“一个能活八百岁，一个只能活八十岁啊！”

他指着遥远的南方说：“你可知道，楚的南面几千里有一种冥灵树，以五百年为春，五百年为秋？这不算什么，上古还有一种叫大椿的树，以八千年为春，八千年为秋。这些造物又能活多少年月？若比起它们来，彭祖和一个夭折的婴儿也没什么区别。”

“即便如此，”我不服气，“比起一般人来，彭祖多活了几百岁，多了很多见识。他也许还去过很多遥远的地方，比如百越、代北、蜀国……常人一辈子都去不了。”

“这倒是不错，”庄周悠然道，“彭祖无疑是多见识了很多东西，但是他会更有智慧吗？他的智慧比起老子或者孔子来又如何？”

我一时语塞，我曾见过这两位哲人，他们的睿智我自知望尘莫及。其实，就算孙子的兵法和商鞅的治国术等知识，我也只是一知半解。如此说来，多活了许多岁月也不过是徒增年龄，对于智慧而言毫无益处。

“再说，”庄周又给了我沉重的一击，“纵然长生不死，他的人生又能比常人快乐多少？”

我浑身一震，我比常人快乐吗？恐怕只有更加悲苦，我挚爱的人已经永远消失了。而我像丧家狗一样东躲西藏，就算有过短暂的幸福安稳，但亲人和同伴一个个、一代代都离开了我，只有我不知为何还在这无常的人世东飘西荡。这样的人生能有多少意义？

我的自信彻底崩溃，拜倒在庄周面前，请求他教我人生之道。后来我结庐而居，在他身边待了几年，可惜他的智慧我只能学到一点点皮毛。有一天，我将自己的秘密与苦恼向大师和盘托出，他听了之后，长久沉默不语，然后说：“她不是神人。”

“什么？”

“神人不会为人间的别离而哭泣，你所恋慕的女子不过是一个凡人，或者说，是一个掌握了神秘力量的凡人。”

“但她何以会忽然出现，又为什么消失？”

“这我不知道，天地之间有太多不可解的奥秘，”庄周叹道，“但我感觉，这件事与你所来自的地方有关，也许答案就在那里，天地虽大，但你也许是舍近求远了。”

我若有所悟，不久后拜别庄周，踏上了重返故土的漫漫长路。当然，我从此后也没有再见过他。

三

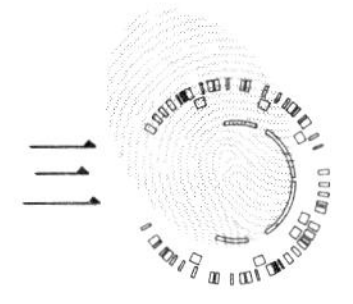

我以中原游士的身份，跟随一群巴国商人，沿着群山中的秘道回到了蜀国。五百年前的杜宇王朝已成为模糊怪诞的传说，此时的王是鳖灵的第十二代子孙，号曰开明，他接见了我，为了解中原各国的内情，对我很是笼络，三天两头召我去宫中议事。我想或许借助他的力量才能找到朱利的线索，所以也十分配合，琢磨着怎么能请他帮忙。

结果完全不用那么费事。一日宴席上，开明王让一位新夫人出来为宾客们斟酒。我一抬头，便见到了一张魂牵梦萦了数百年的面容。

我惊呆了，一颗心仿佛被火箭射中，浑身的血液腾地燃烧起来。朱利看起来依然那么美丽，只是又消瘦了几分。她对我警示地微微摇头，目光如深潭般忧伤。

开明王见我呆若木鸡，以为是被夫人的美貌所倾倒，大笑起来。他说这位夫人是前年在北方的武都山上找到的。开明王在狩猎时，一个女郎忽然出现在山林间，被卫士当作奸细拿下。结果没查出什么，开明王却迷上了她，把她纳入后宫，戏称为山精夫人。

我咬着牙，恨不能一拳把他打扁，但我什么也做不了。虽然我有不老之身，可如果被砍掉头颅，大概也长不出第二个。我只有强颜欢笑，贺喜大王得到了美丽的山中精灵。

半月后，我总算找到机会溜进王宫，和朱利相见。我问她究竟发生了什么，她说，自己刚刚来到这里，就被人七手八脚捉住，被带到了宫廷中，不得不屈身在开明王的后宫中。我心中酸涩，又问她这些年在哪里，她摇摇头："哪也不在，当我转动手环，就可以在瞬间跨越数百年。"

我似懂非懂：难道朱利是从五百年前的那次宴席上直接来到这里的？世上怎么会有这么奇妙的事情？我问她为什么不用那神奇的手环逃走。她说，当时她一出现，就被一头鹿撞倒，然后被卫士死死抓住，那东西也被开明王收走了。

我还有千万个问题想问，她究竟是什么人？从哪里来？又怎么会有这么神奇的手环和灵药？但开明王忽然驾到，我逃走不及，朱利让我躲起来。我藏到帷幕后面，但开明王看到了我的衣角，一身肥肉愤怒地颤动起来，大吼着让卫士进来抓住我。

我情急之下，又反扑过去，抓住他，在卫士的包围下，挟持国王出了王宫，伺机跳进一条内河，从水道逃生。几天后，我打听到消息，山精夫人被蜀王囚禁起来，据说还遭到了残酷的鞭打，危在旦夕。

我知道要救朱利，只有一个办法。我再次越过北方险峻的群山，来到秦都咸阳，以齐人张若之名面见秦王，告诉他，我可以帮他完成朝思暮想的伐蜀大业。

三年后，我和司马错率领十万秦军从一条密道翻越犬牙交错的蜀山，攻破葭萌关，一路攻到广都。武器落后又缺乏训练的蜀国武士根本不是秦国虎狼之师的对手，五百年前我亲手建立的城池，被我自己攻破。

我率军冲进王宫，抓住了开明王，问他朱利在哪里。他面目扭曲，发出疯狂的大笑："哈哈，你打败了我又如何？照样永远也得不到她。"

"你要是聪明，就告诉我她在哪里，"我厉声道，"或许我还可以请求秦王赦免你和你的家族。"

“那可太好了，”他语调怪异，“好，我告诉你，你朝思暮想的山精夫人就在那里。”他指向西北方向的一座小山，那座山我上次离开的时候还不存在。

我感觉不对劲，找到几个宫廷侍从，他们战战兢兢地告诉我，三年前我逃走后不久，山精夫人也死于开明王的酷刑折磨。开明王后来又感到后悔，为她从武都山上挑来大担泥土，建造了高大的坟茔。

我等了五百年才等到的人，竟这样死去了。

狂怒冲上我的头顶，我打得开明王皮开肉绽，后来又让手下士兵把他身上一块块的肥肉都割下来，让他受尽折磨才死去。我余怒未消，又处死了他的整个王族以及宫中几百名侍从和宫女。在我眼中，他们都是害死朱利的帮凶。

我来到朱利的陵墓前，遣开身边所有人，独自放声大哭，诉说我对她五百年的思念。

不知过了多久，有人拉了拉我的衣角，我不耐地回头，整个世界忽然消失了，只有面前一个衣衫褴褛却仍然光彩照人的女郎。

我不敢相信，伸出手去摸她，生怕那只是一个幻影。但我摸到了她的脸颊，上面还带着泪珠，真实不虚。我明白过来，自己真是一个傻瓜，我都能从棺材中爬出来，朱利怎么会死呢？

朱利说，她的确是靠着类似我当年的假死状态逃过了一劫，几天后从坟堆中爬出来，后来便一直躲在山野之间，直到知道我和秦军到来的消息。在我的照料下，朱利很快恢复了昔日的容颜，但她还是对自己的来历守口如瓶，不论我怎么问她也不说，还反过来问我，她的东西有没有找到。

士兵们早已送来了在王宫中搜到的朱利的手环和包裹，开明王一直收藏着它们。我本想还给朱利，但那些古怪的东西以及朱利的态度让我感到不明来由的害怕，我怕她这次再跑到几百年后，叫我如何去寻觅？我想了想，把那些物事埋在宅子附近的五块大石之畔，那本是我当年造城时留下的纪念碑，但如今碑文已经剥落，也无人知晓这些石头的来历了。本来这事做得十分机密，不应该有人知道，但几天后，当我去见朱利，打算告诉她什么也没找到的时候，竟看到银色的手环在她的手腕上闪闪发光。

“你为什么要藏起它？”她责备我说。

“我……我是不想你离开……”我讪讪地说，“可你是怎么知道它在哪里的？”

“有人告诉我的。”

我大怒道：“谁？”我是一个人偷偷埋的，难道是有人看到？

“你又想杀人吗？”她轻轻摇头，“恐怕这个人你永远杀不了。杜宇，我必须走了。”

“我们刚刚重逢，你为什么要走？”我被恐惧所笼罩。

“为了完成因果之环。”

“什么？”

“我很感谢你救了我，”她叹息着，换了一个说辞，“但我并不是你的财产。为了我，你杀戮了很多无辜的人，也牵连了更多的人，这叫我如何能待在你身边呢？”

我无言以对。的确，我引狼入室，这些天秦军在广都烧杀抢掠，凌虐蜀民，我见到了许多凄惨景象，早已感到懊悔，但为时已晚。

“不过你还有时间去补救，”朱利望着窗外说，“你还有很多的时间，可以做很多的事情。我们会再见面的。”

她转动手环，消失在炫目的光芒中。

我忽然间觉得有什么东西似曾相识，似乎很久以前见过这一幕。但是在哪里见过呢？太长太长的岁月过去了，我怎么也想不起来。

四

朱利离开后，我被秦王任命为蜀郡太守，花了三年重修残破的城池。城池修好后，秦王十分满意，以“三年成都”之意，改名为成都。在这座新的城市里，秦人和蜀人在我治下渐渐融为一体。几十年后，我推荐了一个叫李冰的属官接任蜀守。他是远比我了不起的治水天才，修建了宏大的堰塘，分水到田地中，彻底解决了水患，还灌溉农田，让土地肥沃起来。

卸任后，我再次改名换姓，远游八方。这次我走得更远，从辽东到义渠，从黔中到闽越。我看到了大秦的一统天下，也见到了它的覆灭。我见证了刘邦建立新朝，也活到了董卓焚毁洛阳城，以及小皇帝被挟持到长安的时代。朱利是对的，这世上没有什么能够永恒不变。

数百年中，我也以好些个名字多次回到蜀中。这个时代，人们对神明世界有着更狂热的想象和追求。我的不死之身被一些乡民发现，我干脆告诉他们，我掌握了长生不老的道术，将老子和庄周的教诲改头换面地讲一点儿给他们，很快，许多人开始追随我，尊我为师。

朱利再一次出现时已经是五百年后。那时候我不在成都，而在绵竹的山中传道，不过没有关系，我有许多忠心的追随者，按照我的嘱咐，守候在成都的各个角落，她一旦出现时，就把她平安地护送到我身边。

“师君，”他们冲进帐幕，激动地向我报告，“神女真的在成都从天而降，我们把她请来了。”

我霍然起身，望向朱利，五百年过去了，她却比我记忆中的还要年轻美丽，头簪芙蓉，身穿齐胸的高腰石榴裙，上身披着浅绿色的纱罗，这绝不是人间的装扮，而宛如天上的仙子。当然了，她本来就是仙子。

“杜宇，”她对我轻轻点头，“果然又见到你了，现在你叫什么？”

我拉着她的手，告诉她我的名号。此时的我已经大不一样。我以神道设教，设立二十四治，用五斗米赈济灾民，如今一呼百应，拥有数十万忠心耿耿的教民，横行巴蜀北部，益州牧刘璋对我也十分忌惮。我带朱利去巡查我的营寨，让她看到我手下头裹白巾的兵士，他们在操练军武，队伍雄壮齐整，洪亮的呐喊声在群山中回荡。

“我已经想明白了，”我骄傲地拍着胸脯，“当年我本来就是蜀王，既然秦王与汉王能夺得天下，我为什么不能？我蛰伏了这么多年，如今的大汉名存实亡，群雄割据混战，我夺取天下的时机到了！有了天下，我就能造福百姓，为万民谋福祉。朱利，你在此时再度降临一定是上天的安排，你就是道书中说的天降玄女，对不对？你的神威一定能激励将士们奋勇直前。”

“但你不会夺得天下，”她幽幽地道，“这是个英雄辈出的时代，但我根本不记得你现在的名字。”

“记得？你怎么能记得？难道你能预知未来？”

她叹了口气：“我来自未来。”

我一惊，仿佛明白了什么，却又想不清楚。未来还没有出现，人怎么能从那里“来”呢？

“如果你来自未来，”我问，“那么你知道谁会夺取天下吗？袁绍？刘表？还是曹——”

“我不能说，我不能改变历史，否则我们都会不复存在。”

这态度反而让我相信她的确是来自未来的人，我心中一动：“快说啊！告诉我未来的天下大势，这很重要！”

朱利连连摇头："不要逼我，真的不行的……"

已经很久没有人敢于反对我的命令，我在恼怒之下，抓住了她的肩头："听着，我军和张鲁马上就有一场决战，灭掉他就能夺得汉中，要是被他干掉，我辛辛苦苦得到的一切就都成了泡影。你手上就有制胜的秘诀，快告诉我怎么消灭他？说啊！"张鲁这个叛贼，本来是我的爱徒，谁知窃取了我的教义，自立为君，也招揽了大批教众，这几天我一心想着怎么干掉他。

朱利用力推开我，幽幽叹息："你不懂，现在的你还是什么都不懂，你还需要时间。"她的手伸向手环。

"不要——"我明白了她要干什么，惊恐地叫道，"不要走！我不逼你了，还不行吗？"

但已经太迟了，她转动手环，再次消失在我面前。

朱利又一次说中了。两个月后，我输掉了和张鲁的决战，他兼并了我的部下，我不得不仓皇逃走，隐姓埋名。从此以后，我的曾用名"张修"，便只是史书上一个微不足道的注脚，许多年后，甚至有人说，那只是张鲁那家伙的别名。

五

魏晋六朝纷乱血腥，我大部分时间都躲在道观和佛寺里，即使这样也没过几天安生日子。但唐朝是一个惬意的时代，那几百年中我很少出川，长居成都，和李白对饮，和杜甫唱和，也曾拜访过薛涛的香闺。我一直思念着朱利，但一百年又一百年过去了，她没有再出现过，直到强盛无比的大唐也在内忧外患中山河破碎，化为废墟。

唐朝灭亡后，蜀中的太平岁月还持续了很多年，那一天，花月楼的老鸨谢大娘忽然跑来我的医馆，告诉我刚才外面出现了奇怪的光亮，一个中箭的女子躺在楼下，昏迷不醒，她还以为是花月楼的姑娘被人害了，但仔细一看，却并不是。

我的心怦怦乱跳起来。两个龟奴把那女子抬了过来，她衣装怪异，披头散发，脸上都是尘土血污，面目看不清楚。但从佩戴的手环上，我肯定地知道，这就是我等了七百多年的人。

我等了几百年的重逢，却万万没想到是如此情形，好在现在我是医生，懂得诊治。她背上的箭深入肺腑，却还在呼吸，我为她取出箭头，包扎伤口和上了药，但心中惴惴：我行医也有上百年了，从未见过伤得如此重的人还能活下来。

然而朱利活了下来，三天后，她睁开了眼睛。

“朱利？”我问她。

她惊奇地盯着我，微微启唇:“你怎么知道……我的……名字……”口音很是奇怪。

我心中咯噔一下，一个怪异之极的设想被证实了：“你说，你是第一次见到我？”

“我……不可能……见过你……”

“未必不可能，”我说，“只是还没发生在你身上。”

她有点糊涂，摇了摇头，问了另一个问题：“那……现在是……是……”

“现在是什么时代？大唐亡后，又是一个乱世，中原已换了不知多少个朝廷，前年赵匡胤黄袍加身，建立了一个大宋……不过我们这儿，孟氏割据蜀中，不奉宋朝的正朔，年号是广政二十五年。”

“那是五代末年……”她眼中的惊讶更甚，“可你怎么……怎么知道……”一口气没喘上来，又咳嗽起来。

“等你好点再说吧，”我说，“已经等了那么多年，如今我们有的是时间。”

“对了，”我临出门的时候又回头，深深凝望着不明所以的她，“你是对的，我根本不是统治天下的料，天下对我也毫无意义，能再见到你，就比什么都好。”

朱利痊愈得很快，身上没留任何伤口。这不奇怪，当年她甚至曾从开明王的坟茔死而复生。

一个多月后，朱利已经吵着要我告诉她究竟是怎么回事。我带她去成都的城墙下漫步，城头上，前几年蜀皇孟昶为花蕊夫人种下的芙蓉花开得宛若云霞。在我所知道的一千多年来，这是这座城市最美的时代。

“你的手环能跨越漫长时光，”我开口说出思考了千百年的秘密，“但却不是像一般人一样从过去到将来，而是从未来回到过去，不断地逆流而上。”

“你怎么知道的？”她惊问。

“我是你将会在过去认识的人，”我说，“在过去，我们曾相遇过三次，每次你的装扮都是下一个时代的，而每次我遇到的都是前一次的你，你出现的地点也是下一次相遇时消失的地方……这些事太匪夷所思，一开始我怎么想也想不透，但是一千八百年的岁月，足够让我想明白了。”

“一千八百年……”她惊异地看着我，忽然明白过来，“难道你服下了永生胶囊？是我给你的？”

“是，”我说，“在我第一次遇到你的时候——”

“不能说！”她断然阻止我，“你猜得不错。在未来，人类掌握了比神明还要强大的力量，可以回到过去。我本来是进行首次时间旅行实验，去过去看一眼就回去，但是我调错了时间，到了错误的时代。

我的手环——其实叫手表式溯时机——不知怎么也坏掉了，无法调转前进的方向。只能前往更久远的过去。”

“可你是怎么会出错的？”

“在一六四——”她说了几个字，倏然住口，“不行，我不能向过去的人吐露未来，如果你知道了未来，就会改写历史。那样我不光是无法回去，还会消失掉，甚至你也是。”

“我？”

“你的人生已经被我改写，没有我，也就没有今天的你，你大概已经死了一千八百年。同样，你也不能告诉我过去发生的事，如果过去发生了变化，你就不会得到永生胶囊。而如果没有你救我，我大概也会死在这里。”

我没太听懂这些晦涩的话语，但我明白了一点：两个本来相隔几千年的人的命运，已经被不可思议地紧绑在了一起。

但她不能告诉我未来，我也不能告诉她过去。我们在此时此刻相逢，却终将擦肩而过，一个返回过去，一个奔向未来，人生不相见，千秋复万年。

过了不知多久，朱利轻声说：“这种感觉太奇怪了。”

我们久久对视，宛如悠远过去和无尽未来的相遇。她的眼神温柔而迷茫，芙蓉花瓣在春风中飘飞，落在她的发鬓和肩头。

“但是，现在的你很美。”

我说，低头吻她。我们紧紧相拥，在花海深处，时间深处。

我们在五代末相守了三年，泛舟摩诃池，漫步浣花溪。我希望在这个时代能多待几年，但三年后，宋军大举攻蜀，乱局又起，乱世中我们难以自保。我硬下心肠，催促朱利启动溯时机，前往更久远的过去，去完成因果的回环。

“有一件事你必须知道，”临别时我告诉她，“你的溯时手环被埋在五块石中第四块的东面下方三尺。”

朱利疑惑地看了看自己的手环：“你在说什么？”

“记住就行了，”我柔声说，“你会懂得的，像你曾经或将要说的，这是因果之环的一部分。总有一天你会明白，就像你曾告诉我，我会明白的一样。”

我知道她会再次和我相见，但对于我来说却不是这样。这一次相见时她并不认识我，那么未来的我还能再见到更早的她吗？

当然不可能，但希望仍然在无尽的时间中折磨着我。

六

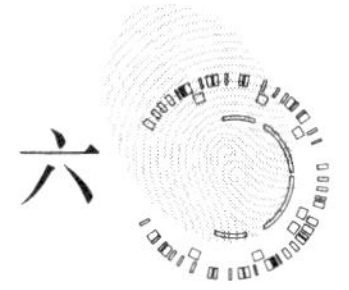

六百八十一年后，清顺治三年冬，我回到了成都。

千百年间，我一直好奇朱利是从多少年后的未来回来的，朝代兴亡，江山易主，一个个朝代的更迭如走马灯一般，人口如潮汐般时涨时落。但人们过的日子也差不了太多。虽时而有些新制度和发明，大部分却也不成气候，在漫长的时光中被消散遗忘。我怀疑，未来的人真的可能掌握穿梭于时间的力量吗？那要在多少万年之后呢？

大明天启年间，我在徐光启侍郎的府上当幕宾，认识了几个西洋传教士。这些金发碧眼的洋人让我很好奇，他们和以前的夷狄之辈完全不同，掌握了历算机巧的本领。他们告诉我很多闻所未闻的新知，什么大地是圆形的，什么世界上有五块大陆……我虽不知道他们说的对不对，但徐先生聪睿博学，却十分信赖他们，应该还是很有道理。我隐隐感到他们似乎和朱利有某种联系，虽然朱利并非是白皮肤蓝眼睛的西洋人，这些人也绝无驾驭时间的能力。

后来徐先生被魏忠贤排挤，告老还乡，我便找机会和几个传教士一起乘船去了泰西佛郎机国，才发现此时海外的许多地方都成了西洋人的天下。他们已经环绕了大地，正在每一块大陆上攻城略地，传播他们的教义。无边大洋上，扬着三重风帆的西洋商船和战舰往来不息。我在好望角的滚滚波涛上叹息，时光永不停息，历史滚滚向前，曾几何时，八方来朝的巍巍中华，也变成了古蜀一般的封闭王国，沉溺在自以为古老而完美的文明中，而对更灿烂辉煌的外部世界一无所知。

我在巴黎和罗马等地先后住了许多年，见识了光怪陆离又蓬勃奋发的西洋各国，认真学习了他们的知识和文化，耳目一新。不过在西洋，我的容颜不老也渐渐引起了当地人的注意，而我也想念故土，便跟着另一艘商船，绕过半个地球又返回京师，希望能够传播新知，改变大明的风气。但一回来，才发现已经是天下大乱，天子在煤山自缢，八旗兵占据了都城，大明变成了大清，又一次王朝更替。

“在一六四……”我忽然明白了当年朱利的几个字的意思。她说的一定是西洋通行的格里高利历！我也是到了欧洲以后才搞明白这种历法。

朱利——更早的、未曾遇见过我的朱利——曾经出现在这个时代。很可能就是今年——一六四六年——此时，满洲的肃亲王豪格和大西军张献忠的军队正在蜀中激战。

我知道我无法改变历史，但仍然牵挂着朱利，犹豫了许久后，还是决意赶往成都。又逢乱世，明军残部、农民军、地方武装和清军都在烧杀抢掠，我好几次从死人堆里爬出来，才到了成都。

此时张献忠刚刚弃城而逃，临走时大肆杀戮，入城的清兵又来屠城劫掠，街头到处都是无人收拾的尸体和血迹，数百年繁华的成都几乎变成了一座空城，人命还不如蝼蚁。两千年间，我经历过无数次乱世，但这次可以说是最血腥残忍的。

我循着记忆找到当年的花月楼旧址所在，那是在一条不久前还很繁华，但今天已经满是血污和尸首的大街上。我在附近守了几天，设法躲过杀戮和劫掠的士兵，但不知何时能等到朱利，我想我多半错过了她，毕竟上一次相见时，她说之前从未见过我，我又怎么可能再与她相见？

过了三天，我实在忍受不了这座尸体堆成的城市，而决定在第二天离开。但那天夜里，我正蒙眬睡去，忽然间一团奇异的光华让我睁开眼睛，看到年轻的朱利茫然站在街头，穿着奇怪的银色紧身衣，背着一个小包，西洋人一般舒展的长发在风中飘飞。

我在狂喜中战栗不已，贪婪地看着数百年未见的恋人。她的第一个动作就是抬起手腕，看着手环，手环上的荧光照亮了她惊讶而茫然的面庞。我明白了，她一定是在看着时间显示，惊讶于自己会掉到这个时代。此刻，我忘记了一切不能干预历史的教诲，只想去和她相见，保护不知所措的她。

“朱利！”我大声喊道，她惊讶地望向我，我们仅仅相隔数丈，几乎目光交碰。不过在深夜中只有微弱的月光，她看不清我的样子，反而惊吓地向后退了几步。

我正要上前说话，忽然间传来一声尖锐的鸣镝，朱利趔趄了一下，向前扑倒，背上依稀有一支羽箭。身后百步外，几个辫子兵乘马呼啸而来。

我忙扑到朱利身边，她已经昏迷了过去。辫子兵呵斥着，越驰越近，好几支箭呼啸着从我们身边飞过。情急之下，我按记忆中她的动作，帮她转动了那个手环，但也许是操作不对，也许是用力过猛，手环发出奇怪的嘎吱声，上面的光点闪烁不定，但它总算生效了，在八旗兵赶到前，她化为一团光，消失在我面前。

我随即转身奔逃，那几个骑兵又冲向我，几支箭从我身边飞过，好在深夜看不清楚，没有射中。我在弯来绕去的小巷中逃了一段，就要被追上时，掏出西洋带回来的燧发火枪，回身开了一枪，枪声震耳欲聋，一个家伙中枪倒地，另几个人吓得回马就走。

周围再次陷入了寂静。寒冷和黑暗中，那团唯一温暖的光已经消逝，直到六百多年之后——不，之前——才会再次亮起。

我不敢在原地久留，躲进一间废弃的宅子中，在那里，我看到一个女人吊死在屋梁上，脚下是一个婴儿的尸体，都已经死了很多天，四处弥漫着令人窒息的尸臭。我再也忍不住，呜呜地哭了起来。不光为又一次错过了朱利，也是为了这个时代无尽的苦难，为了在世界另一头的人们已经开启全新历史的时候，我们这个走过三千年风雨的古国，仍然免不了一次又一次历史循环的浩劫，不知何时，何时才能够找到真正的未来……

我哭了很久，困倦交加，朦胧中将要睡去，但就在入睡前，刚才的一个细节在心头忽然闪现。我明白了一件事：因果之环中最重要的环节被补上了！

我就是那个弄坏了朱利的手环，让她无法回到未来的人。

七

旧的时代逝去，新的时代又到来。人类从地下的煤炭和石油中释放出惊人的力量，通过科技和工业，塑造了一个不可思议的新世界。这之中并非只有鲜花和掌声，而依然充满了血腥与罪恶，甚至比以前更多。但人类第一次有了摆脱无止无休治乱循环的希望。而东方的古国在历经风雨、千疮百孔后，也重新焕发出生机。

我还活着，饱经沧桑，却仍像两千年前一样年轻，耐心地等待着这次跨越漫长历史的旅行抵达最终的时代，解开我生命中第一个也是最后一个秘密。

在这科技昌明、社会管理日趋完善的新时代，永生之人如果要不引起注意活下去，要么是躲进残留无几的深山老林，要么是掌握无人敢于插手调查的强大力量。我选择了后者，在 19 世纪下了南洋，后来又去了美国。之前朱利无意中透露出的零星未来信息——比如美国的崛起和汽车的出现——让我找准商机，在 20 世纪初就建立了庞大的商业帝国。我的声名不显，好几个名头显赫的家族不过是我的代理人。

进入 21 世纪，我在科技研发上投入了巨额资金，主要是两个方向，一个是永生药物，另一个是时间机器。到了 21 世纪中叶，二者都出现了重大突破，不过还在试验阶段。所谓永生药物其实是一种细微的智能纳米机器，能够修补人身上的各种损伤并激活端粒酶，让周身细胞保持不断分裂的状态，实现人的永生。另一方面，时空虫洞已经被发现，但是可以穿透一切屏障的时空扭曲之力却成为真正进行时间旅行的死亡屏障。

最后二者出人意料地结合了起来：只有服用了永生药物，进行人体改造，才能抵御时空扭曲对身体的巨大冲击。但永生胶囊并非对人人都能奏效，由于人体各不相同的排异性，好几个实验者服用后再也没有醒来。更可怕的是，服用永生胶囊后，会失去生殖能力，这自然更令人望而却步。

因此，在时间旅行实验中，虽然有许多人报名，但经过综合考量，只有一个研习过时空理论又经过人体改造的女研究生脱颖而出。

她叫——朱莉，或者 Julie，一个美籍华裔的年轻女孩。

在纽约曼哈顿新世界贸易中心的办公室里，我盯着电脑上朱莉的档案。那上面只有一张小小的大头照，年轻青涩的面庞上嵌着温柔而坚定的双眸。这容貌既陌生，又熟悉无比。

我呆坐了很久很久，终于提起笔，签字批准。

我稍加调查，很快了解了朱莉的一切背景。我知道她家族的历史，看过她在社交媒体上的所有照片和文章，连她的室友有几个男朋友，她阿姨养了几只猫都了如指掌，但我没有去尝试找她，这不在因果之环里。

三个月后，中国成都。

在我投资兴建的“武侯院”时空实验中心，我隔着只能从一面看的单向玻璃，才再次见到那个我已经认识了两千八百年的女孩。此刻她青春洋溢，在一群实验人员的簇拥下进入大厅，戴上手环，背上背包，走上大厅中央一个酷似当年祭天台的圆形高台，准备开始一次她还一无所知的不归之旅。

朱莉的任务很简单：回到四十多年前的成都待几小时，见证2017年的国际科幻大会，料想即便被发现，也只会被当成会上的特效表演，再说，她就算真的被发现是时间旅行者，那些科幻作家也不会太惊讶吧。

但我知道，这次旅行一定会出错。我看着朱莉有点儿紧张却又光彩洋溢的面庞，眼前的一切渐渐在眼眶的潮湿中变得模糊。朱莉知道此去会发生什么吗？漫长的时间苦旅中，虽说也有过幸福宁静的时光，但更多是历史的残忍和命运的捉弄，她一次又一次地受伤、被囚禁甚至死去。她如何能经受这些？在越来越遥远的陌生岁月里，她会不会思念自己的时代和家人？会不会后悔自己的选择？

我拭去泪水。我知道，有因就有果，有果必有因，但真的要完成这些吗？为什么不阻止这一切？不错，我会烟消云散，这座研究中心说不定也化为乌有，但我活了将近三千年还不够吗？既然这一切都是朱莉给我的，也理所应当要还给她。到头来一切归零，朱莉会在21世纪平静地生活下去，她的漫长人生将在未来，而不是过去展开。

我想起一件古老的往事。两千多年前，在离开楚国时，我智慧的老师和朋友庄周曾对我说："你有没有想过，你去找她，不一定是好事？"

"可我必须找到她！我的一切都是拜她所赐，我感觉她和我之间有一种……有一种无法割舍的联系。"

"无法割舍吗？"他神秘地笑着，微微摇头，"你记得我曾告诉过你的那个故事吧？两条鱼，与其在干涸的水坑里相濡以沫，不如在广阔的江河湖海中相互忘却，那才是真正的自在。"

庄周是对的，可是我过了两千多年才明白这个道理。但只要因果之环尚未闭合就还来得及。现在，是相忘于江湖的时候了。

实验倒计时还剩十分钟时，我下了决心，将武侯院的院长找来，告诉他："换掉那个女孩，另外找人，她不合适。"

"啊？这……准备了那么久，马上就要开始了……"

"所以才要立刻停止！"我厉声说。

院长不敢违逆我这个金主，冲到实验区，大声叫着朱莉，让她从实验台上下来。我看到朱莉争辩着，不敢相信地哭了起来，知道一切都结束了。

我长出了一口气，倒在椅子上，闭上眼睛，等待着自己在下一个瞬间便魂魄飞散，归于虚无。但等了很久，我身上什么也没有发生，倒是耳边传来了越来越大的喧哗声，院长又冲了回来："杜先生，出事了，朱莉……朱莉……"

"朱莉怎么了？"我霍然起身。

"这姑娘太犟了，不肯下来，说自己一定会完成任务，强行启动了溯时机，我没来得及阻止……”

我不敢相信地瞪大眼睛，脑子中一团混乱。

“而且，”院长苦着脸，“根据时空波动的数据，因为离开得太仓促，她的时间输入发生了错误，跨越的时间是预定的十倍，不是41.2年前，而是412年前！那是……是16……”

“1646年。”我早已知道了答案。

“对，1646年……那是什么时代来着？”

“什么时代？哈哈哈哈……”

我听到有人在狂笑，过了很久才发现是我自己。这个错误原来是我酿成的！是我从一开始就让朱利出现在错误的时代，然后无法回转地滑向时间的深渊。1646年，962年，199年，前319年，前807年……

然后呢？

“杜宇，你不会死的，但往后我再也见不到你了，珍重。”那是两千八百多年前，第一轮相见时，朱利对我说的最后一句话。

当然，那次分别后约五百年，我又见到了朱利，但那是上一轮的她，而在两千八百年前，最后一次见到我的朱莉转身去了更久远的时代，再没有我，也几乎没有已知的文明——至少在成都附近没有。五千年前，一万年前，天知道是什么时代，天知道是多少个时代。

朱利是对的，那一次之后，她就永远离开了我，我再也见不到她了。

除非……

或许……

我猛然抬头，对惴惴不安的院长说：“能知道她去了什么时代吗？”

“时空波动会留下痕迹，理论上可以找到，但是不容易。”

“你们还有备用的手环吗？”

“还有两副。”

“都给我，我去找到她，把她带回来。”我说。

这回轮到院长瞠目结舌：“这怎么行？您还没有经过人体强化改造……”

这回我真的笑了起来：“谁说我没有？”

八

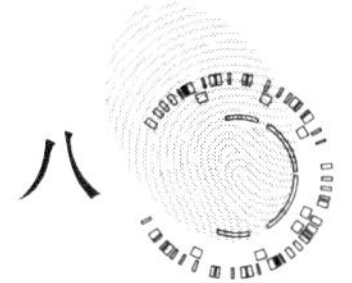

时空波动会改变暗物质结构，像年轮一样铭刻在暗物质深处，电脑分析了成都附近的暗物质数据，发现了早于公元前807年的一千多个疑似时间波动的痕迹，朱莉可能去过，也可能没有。溯时手环可能到达那个时间点，也可能会有偏差，偏差可能是几小时，也可能是几百年。总的来说，找到朱莉的概率微乎其微。

而且，三千年的因果循环已经彻底完成，不像以前，没有什么能保证我能再见到朱莉，也没有什么能保证我能活着回来。

但我还是出发了，去了一个又一个史前的成都平原。从原始的农田到无人的旷野，从剑齿虎咆哮的雨林到猛犸象漫步的冰川。无数个，无数个被遗忘的神奇世界。

最后，不知多少日子之后，我在一片无垠大海边停下脚步，这是我见过的最美的海。这里空气香甜得无法形容，海水蓝得不像世间所有，天空更加纯净高远。太阳将细碎的金屑洒在海面上，一个有太阳两倍大的月亮像气球一样悬在天边。月亮之下，有着……

我不敢相信，闭上眼睛，又睁开，眼前的一切仍在面前，这是真的。

我感到自己的心脏快要跳出胸膛，小心翼翼地向前走去，仿佛是怕眼前的景象在时空乱流中消失。侏罗纪的细沙埋过了我的脚面，泛着泡沫的波涛冲刷着亘古的沙滩，也盖过了我的脚步声。不远处，一个纤细的背影坐在海边岩石上，来自特提斯海的暖风吹起乌黑的长发和缀着玉石片的丝衣，那人影望着在海天之际浮游的一群蛇颈龙，并未察觉我的到来。

我静静地走到那人身后，深深吸了一口气：

“我们又见面了。”

【附记：这篇小说的初始版本系为第四届成都国际科幻大会特约撰写的专题故事。文中涉及的杜宇、朱利、开明王、张修等人物和事件多有历史和传说的原型，有兴趣的读者可参阅关于古蜀国和四川历史的书籍。】

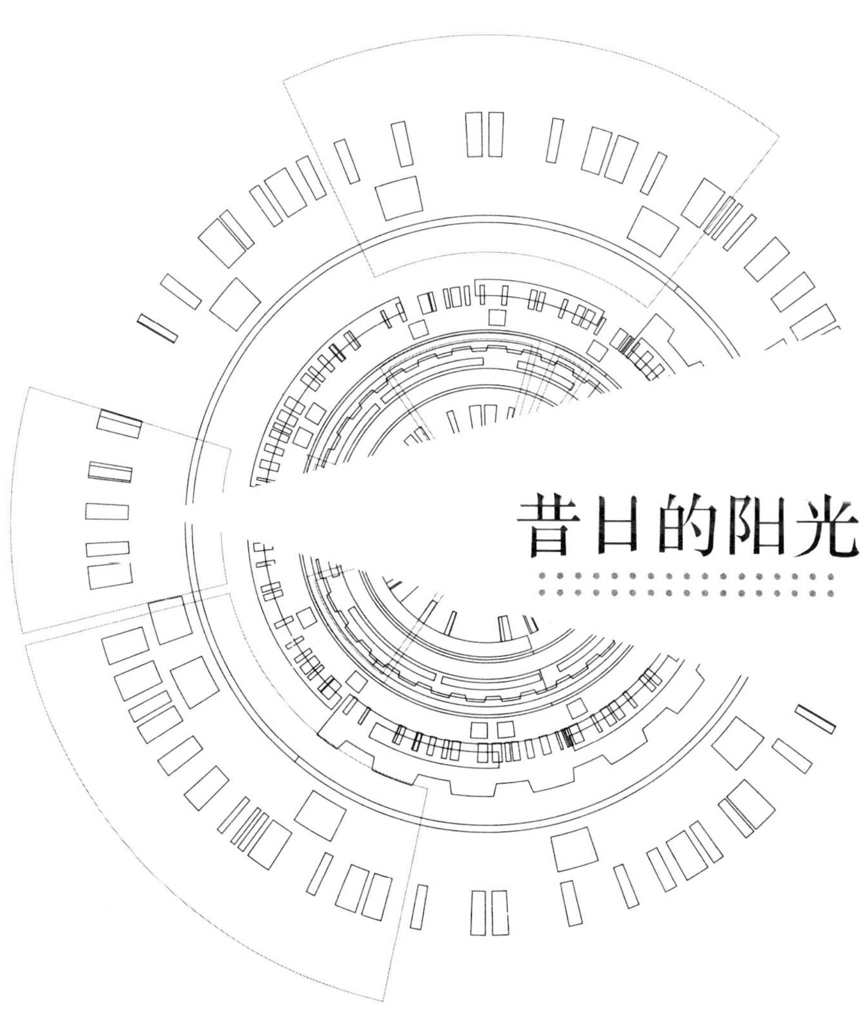

昔日的阳光

一

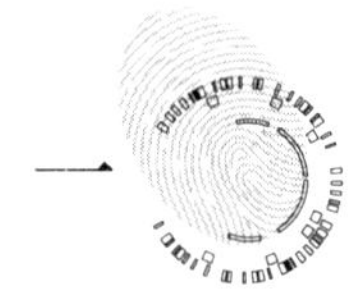

"可恶，又白费了！"

看着荧屏上一堆毫无条理的线团和光影，中村广雄恼火地骂出了声。他知道，这意味着自己整整一天的工作又付诸流水，最后还是一无所获。他沮丧地抬起酸痛的脖颈，伸了个懒腰，瞄了一眼墙上的挂钟，已经是晚上九点了。也许应该回家去，洗个热水澡，舒舒服服睡上一觉，中村想。

他站起身，在房中来回踱着步。这是一间十几平方米的工作室，一半左右的空间被立体投影仪、小型光谱分析仪、扫描隧道显微镜等仪器所占据，工作台上放着一台硕大的新型立体显示器。这台显示器，连同键盘、鼠标等只是一个终端，外接到机房中的"神风IV"型超级计算机上。显示器边上散乱堆放着各种书籍、资料、文具、个人用品，加上几块饼干和半桶吃剩的拉面，似乎都在提示出主人烦闷焦躁的心态。

中村走到门边，凝视着墙上挂着的一幅镶着镜框的风景照。那张照片似乎有什么魔力，总能吸引他的目光。因为中村知道，那是当今世界最著名的一张照片。

那是一张明丽的风景照，和这个狭隘逼仄的房间恰好形成鲜明的对比。阳光明媚，蔚蓝的天空上飘着白云，白云下是一片郁郁苍苍的山野。画面左侧，一条清澈的小溪，在山间的岩石上潺潺流过。溪边一派葱茏的野草，不远处的灌木掩映间，有几个人若隐若现……虽然赏心悦目，却只是平常的乡野景色，没什么出奇的地方。这张照片一个明显的特点是，一切拍得非常清晰而朴素，而没有风景照中常见的朦胧意境感，也没有诸多鲜艳明丽的艺术效果。而且取景的角度并不好，小溪如果在画面中央，画面看上去会更加对称。显然拍照者不懂得一般的摄影技巧。

但这张照片的著名之处，全在灌木丛后那几个人身上——如果他们能被称为“人”的话。

他们一共有四个人，赤裸着身体，但身上长着一层厚厚的黑毛，三个成年，一个幼年个体。他们身材不高，像常人一样直立，但姿态有些弯曲。他们中有三个都可以看到脸部，而且，他们长得和人并不相似，脑颅狭小，没有明显的下巴，嘴部前突，鼻子扁平，颧骨突出，两道粗大的眉骨连在一起，像屋檐一样遮在凹陷的双眼上。

不需要专家的鉴定，任何一个去过自然博物馆的普通人都看得出，这是一群猿人，或者说直立人。他们生活在几十万年前的史前地球，足迹曾经遍布亚欧非大陆，他们中的绝大部分早已灭绝，只有某一个支系进化为现代智人。

众所周知，照相机在公元 1839 年才第一次被发明出来，在这些古人类灭绝后很久很久。

但这并不是数码合成的效果，也并非是在地球的某个角落发现的孑遗野人，更不是什么模型或蜡像，而是一张实实在在的史前猿人照片。没有人知道照片中所拍摄的是什么时候，可能是五十万年前，可能是一百万年前。也没人知道是什么地方，一些古生物学家根据照片中的部分植被认为是在东非，也有人认为是在亚洲。

然而，这张照片，却是在五年前拍摄的。这张照片一公诸于世，就轰动了全球。专家们认为，照片中所告诉我们的古人类生活，胜过以往发现的所有化石。这张照片里蕴含了太多丰富的信息：他们的皮肤、毛发、身材、走路姿势、家庭结构、社会关系……足够做几百篇博士论文的。

但照片的影响力远远超出了学术本身，即使是一般社会公众，也很快迷上了这张照片。这不仅是因为史前照片本身让人们充满好奇，也因为照片中展现出的猿人的形象也相当迷人。其中两个成年猿人看上去是一对“夫妻”，“丈夫”背对着人们，但身材健硕，手中握着一把粗大的石斧，让人们想到他一定是一个强壮的猎人。“妻子”正对着镜头，阳光透过树丛，披洒在她身上，她的相貌和身形从现代人的标准看自然不敢恭维，但她无疑是一个年轻健康的女性。令人们感到温馨的是，她眼睛看着自己的配偶，咧着大嘴，露出了灿烂的笑容。那是人类独有的笑容：带着幸福和柔情。这个笑容让人们觉得，猿人和智人之间的差别并没有那么大，他们和自己血脉相连。

女猿人的怀里，抱着一个体毛还没长全的小猿人，他环抱着母亲，半露一张憨态可掬的脸，大概只有两三岁大。他也在微笑着，似乎好奇地盯着画面外的观看者。比起成年个体，这个幼崽和人类差别就更小了。很多父母亲都觉得，这个小家伙简直就和自己家的宝宝一样可亲。

画面最远处有一个明显年老的个体，当然所谓“年老”也是相对而言的，可能也就四十岁左右。他弓着身子，左边的胳膊只剩下半截，大概是被某种猛兽咬掉的，但伤口已经愈合很久。他神态安详，嘴里叼着根草，跟在女猿人的身后。这个老者和画面前方的“家庭”之间的关系并不清楚，但显然这个年老的个体受到了很好的照顾，否则他自己无法生存下去。

总之，如果忽略猿人和人类体貌上的诸多差异，这张照片就好像是一个三代同堂的家庭在野外踏青，充满了温馨感。当然这种表现是有欺骗性的，猿人的家庭和族群关系很可能和现代人完全不同，但无论如何，可以看到他们和现代人之间有太多的共通之处。正如一位评论家写道："从这张照片上，我们看到人性的曙光出现在百万年前的更新世中期，它在一粒灰尘中穿越无尽的时光，照耀在我们这个时代人类的心灵之上。"

但中村在这张照片上看到的，却不只是"人性的曙光"而已。

发现和整理出这张照片的，是中村的恩师田中胜志教授——世界上最优秀的感光尘专家。而今这个名字已经随着照片本身一起家喻户晓，成为全日本，甚至全世界的名人。中村正是在田中老师循循善诱的教导下，才毅然投身于这一行业，在枯燥且毫无意义的数据沙漠中披沙拣金，寻找着地质和人类史上的闪光时刻。

"广雄君，我们的工作，就是找到那些湮没在时间尘埃中的古老影像，将昔日的阳光带回人间，让人们更好地认识自己，认识这个世界。"中村的耳边似乎又响起了老师亲切的教诲。

老师能做到的，我也能做到！我一定要让老师以我为傲！中村想，这让他又打起了精神，重新投入到工作中。他的手指在键盘上飞快地敲击着，很快荧屏上就出现了一个极为复杂怪异的三维图形，像是亿万个泡沫的聚合体，又像是无数纠缠在一起的蜘蛛，随着他的手指动作而不断地变换着角度和方位。

那是一幅精确到原子级别的立体扫描图像，是一粒尘埃的内部结构。但它不是一般的尘埃，而是一种被称为感光尘的特殊悬浮颗粒。正是因为存在这种神奇的尘埃，才让老师拍下了几十万年前古猿人生活的惊鸿一瞥。

二

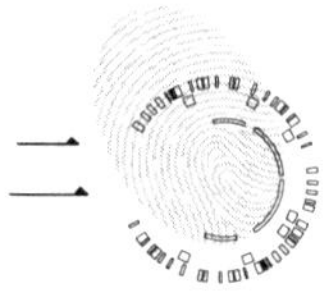

感光尘是有史以来被发现的最奇特的物质之一。这是一种极为微小的颗粒，直径只有两三微米，数量也极为稀少。它们混杂在有千万悬浮颗粒的空气中，比纤维、木屑、沙粒等都要细小，看上去毫不起眼。事实上，直到2027年为止，才有人真正“见到”它们。那一年，一位德国研究生鲁道夫·卡泼斯坦在化学实验中无意发现了这位显微镜下的不速之客，他问教授这是什么，但却无人知晓。卡泼斯坦没有放过这种不起眼的尘埃颗粒，他持续研究了几个月，终于确定了这是一种人类尚未知晓的奇特物质。

研究发现，这种微小颗粒的主要成分是氢、氧和锆，是一种晶体，但分子结构式十分奇特。形成这种分子结构需要非常极端的条件。科学界普遍认为，它不可能在地球环境中自然形成，目前在实验室里也无法制造出来，它只能形成于宇宙空间中。它也很可能是在一团原始星云的内部，经过亿万年的高能射线照射而生成，然后又经过不知多少年的漂流，到达地球，或许就是被灭绝恐龙的那颗陨石带来的。

单是如此，也没有太多的奇异之处，但感光尘晶体有一种奇特的构造。晶体外部和其他物质作用后会形成不透明的外壳，而内部逐渐会转变为感光态，成为光敏性物质。这种物质会吸收光子，产生电子跃迁，导致晶体结构的变化，并且随着光的强度和波长的变化，而在不同的部位产生不同的效应。

由于不透明外壳的包裹，感光尘的内部如同未曝光过的胶卷，但某个偶然的时刻，由于各种物理化学条件的作用，感光尘的外壳表面会被磨损出小孔，露出内部的光敏物质，这时候，周围环境中的亿万光线就会从小孔中涌进它的内部，并在晶体深处留下永久而清晰的印记，其基本原理和照相机成像非常相似。

换句话说，每一粒感光尘，都是一部天然微型照相机。在相机发明前的漫长岁月里，它们会随机开启，拍下周围环境中的状况，储存在自身内部晶状的“相片”中。当然，由于“底片”的性质，这些“相片”本身并不直接呈现出影像，而是表现出极为细微繁复的立体结构。更为复杂的是，在第一次感光发生后，晶体仍可能发生次级的感光，使得不同时间和地点的多次感光混在一起，让原始感光图像变得难以辨认。

在人们弄明白感光尘的基本结构和原理后，很快就想到从中还原出原始光学影像的理论可能。近十年中，对这一奇特物质的研究日益成熟。人们通过精细的立体扫描和数据分析，使得这种可能终于变成了现实。第一张被还原的照片出现在八年前，那是一片平坦的沙地，除了沙子之外一无所有，也不知道是什么时候和什么地方的影像，可能是五千年前，也可能是五千万年前。但这张单调的照片本身，就被誉为21世纪最伟大的科技成果之一。

学界和社会公众对于一张沙地的照片自然毫无兴趣，但重要的是它预示的美妙前景。每个人都能想到，在大地之上，在漫长的史前岁月里，悬浮着亿万个这样的微型相机，它们可能拍下多少远古的生态、多少珍贵的历史场面、多少被遗忘在时间深处的过去！短时间内，在全球各大学和研究机构中掀起了一场捕捉和还原感光尘的突进运动。在日本，田中胜志教授还原出来的古直立人照片，就是其中最突出的成果。

中村广雄正是在这种热情中投身感光尘研究这一新兴综合学科，有如上了“贼船”。两年前，他工学硕士毕业后，就被田中老师看中，招进了这家大学新成立的研究所里，成了一名感光尘分析员，但当时的他只被好奇心和满腔热血所鼓动，而其中的诸多具体困难后来才渐渐体会到。

还原感光尘中蕴藏的图像并不那么简单。首先，感光尘的存在极为稀少，虽然能够检测到它们的灵敏仪器已经问世，但往往好几平方千米内也发现不了一粒，无论在空气中还是在土壤里。研究人员必须提着笨重的仪器东奔西跑，好几天才能发现一两粒，这本身就是个又脏又累的体力活，虽然中村不用自己去干，但得到的感光尘十分有限。

其次，一大半感光尘尚未经过感光，相当于没用过的空白胶卷。感光过的大部分由于条件不佳，也是废品。和其他尘埃一样，感光尘也不总是在飞在空中，在漫长的岁月中，它可能落入水里，埋进土里，被生物吃进肚子里，粘在石头下面，或者被其他尘埃包裹着……在不适合的地方产生感光，可能拍不出任何东西来。而感光尘内外层的结构稍有差池，也难以产生可还原的感光。

再次，由于感光尘的立体结构，一粒感光尘可能先后感光八到十次，不同的感光效果纠缠叠加在一起，要分析出有意义的结果，必须通过相当复杂的算法去计算和分离不同时期的光子效应，披沙拣金。而其中除了个别能感光外，其他的大都不符合成像原理，而无法保存信息。这种情况下自然难以得出正确结果，比如他今天忙了一天，最后得出的就是一堆毫无意义的线条和阴影。

并且中村知道，即使得到清晰完好的感光尘相片，可能也没有任何令人感兴趣的信息。这是概率决定的。这种物质可能和那颗毁灭恐龙的陨石一起在六千五百万年前到达地球。因此不可能拍到中生代以前的照片，恐龙和三叶虫是不会出现的。在六千五百万年的岁月中，大约平均每五十年到一百年才有一次感光发生，而一次成功的感光拍摄，即使根据乐观的估计，大概也得等三五百年才会发生一次，这次感光可以在地球上的任何地方，比如在海上、沙漠、冰川或者荒原上，也可能对着完全无用的方位感光，从而拍不到任何有意义的景物。在陆地上，要得到植被的影像还相对容易，但动物就很少见，特别是大型脊椎动物的分布更是少而又少，绝非像人们在史前怪兽的电影中见到的那样无所不在。要拍到人们感兴趣的巨犀、剑齿虎、猛犸象等著名的已经灭绝动物的可能性非常之低。因此，那张田中老师所拍到的古猿人照片，可谓真正的奇迹。

只有一张照片拍到了另一种大型哺乳动物：热带丛林中一头大象远去的屁股。生物学家为这是普通的大象还是剑齿象或者别的什么长鼻目古动物争论了半天，最后也没有结果，总之看上去它和普通的大象毫无区别。另外还有几张拍到了第三纪早期的小型哺乳动物，在古生物学界倒是引起了热烈讨论，但在社会上看来不过是“几只史前老鼠”，没有多少反响。

至于人类有史以来的感光尘照片，理论上估计总数极为有限，至多几十张。在人类历史的大部分时期，人群散布在广袤的大地上，几十里才有一个村落，几百里才有一座城市。以某次感光而言，要拍到城市和人群的照片，大概比随便一颗流星砸到人头上的可能大不了多少。有学者甚至悲观预言，可能永远也找不到一张上面有人的照片，至少目前还没有发现过一张。

因此，有时中村不得不认为，他的工作纯属浪费时间。这两年中，他每天工作到深夜，只找到三张清晰的照片。一张是大海的海面，一张是天上的白云，都没有任何时期的特征。最后一张是树干上爬着一只类似蟑螂的昆虫，照得倒是非常清晰。他兴奋地交给生物学家鉴定，结果人家告诉他，那就是一只蟑螂，可能生活在几百万年前，但各方面和今天的蟑螂毫无区别，研究价值微乎其微。

但也并非没有成功的例子，比如田中老师就有很多成果。并且就

在半年前，中村的同事、隔壁的野原健次郎成功地还原出了一张某种史前奇异花卉的照片，虽然没有古猿人有名，却也有相当的学术价值。不久他又发现了某座小山丘的照片，据分析这可能是几千万年前形成中的喜马拉雅山脉……野原那小子，从此在他面前人五人六起来，经常说些自鸣得意的话来敲打他。

诚然，某张照片是否有研究价值是一种偶然，但是还原的成功率也是检验分析师水平高下的关键。感光尘结构复杂精细，可以整理出来的数据浩如烟海，要进行还原非同一般，需要物理、化学、数学等方面的深厚基础，并且有敏锐的图像直觉和想象能力。如果成功还原的照片多，自然说明分析师水平高。野原的成功率比中村高两倍左右，找到有价值的照片的机会当然也就更多。但中村对此很不服气：感光尘都是所里的野外工作人员收集来，统一扫描生成立体模型，然后再由各分析师选取任务进行分析的，野原那个家伙和负责扫描的广濑关系好，所以每次都能第一时间得到信息，领走那些比较容易分析出结果的感光尘颗粒，而把那些难以分析的留给中村，这纯粹是看他好欺负。当然这些事中村不便宣之于口，就是跟田中老师也不便说。

但田中老师似乎察觉了他的不快，经常劝慰他，告诉他最细微的景物也是历史的一部分，也有自身的价值，而他是一名优秀的分析师，让他不要放弃自己的事业。说不定某一天他就能有惊人的发现……

忍着吧，总有一天，我比野原那个混账做得更好，中村对自己说，我会得到一张真正有价值的感光尘照片，一个伟大的镜头，能呈现出世界和历史的深层图景，让所有人都为之震撼。可能是冰河世纪，可能是金字塔的建造，可能是法国大革命……说不定还能拍到外星人造访地球呢。

但他忙碌了一年，仍然一无所获。眼看这次的分析又出错了……

中村焦躁地砸了一下键盘，荧屏上立即出现了古怪的图案。他吓了一跳，这才反应过来，自己执行了一个错误的操作，分析仪正在无差别地过滤掉一个完整层面的分析结果，虽然其中可能99%都是垃圾，但是万一有什么有用的……

中村差点儿就按了停止键，如果他不是看到了一个明显轮廓的话。

一个半圆形的轮廓，两边有不明显的突起，好像是一个脑袋，不知道是人还是动物的。也可能一块两旁生了野菌的石头，更可能只是无意义的错误结果。不管怎么说，这看上去意味着某种清晰的图案，他的心顿时怦怦跳了起来。

就这么干下去，他让程序剔除掉那个干扰的层面，按照刚才的线索重新进行模式识别，电脑无声无息地工作着，但这次比之前要快许多，图像的线条越来越明确，层次越来越丰富，这很可能是一次清晰的感光。

难道我歪打正着地蒙对了？真不可思议！中村兴奋了起来。

轮廓、线条、层次、团块……某种东西从无到有，渐渐出现在他面前。中村呼吸急促，战栗了起来。

他看到，那是一个人的面容。

一个似乎正盯着镜头看的人的正面特写，似乎是一个女人。中村激动得几乎血液都要沸腾了：这是感光尘第一次捕捉到人的影像——真正的人，而不只是猿人！仅此一点，就足以成为里程碑的事件！

这一次，扫描分析的速度很快，大概一个小时后，整体的轮廓出现了，那是一个身材匀称的女人，穿着某种衣服，跪坐在地上，向前伸出双手。看不清楚她的任何细节特征。但无疑是人，是现代智人，而非猿人或尼安德特人。她可能是一个克罗马农原始人，或者一个古埃及的妇人。

在得出整体轮廓后，中村换了一种更精细的分析程序，在原来的基础上继续进行还原。这样一来，速度就放慢了很多。但这是必须经历的过程，找到了基本成像的角度和层次后，下面就是对感光尘自身的结构进行分析，找到哪些感光点是这次感光带来的，哪些不是，对不同的感光点进行分离，还原出当时的色彩和光度。要完成整张照片，需要从模糊到清晰，到更清晰，最后导入颜色……整个过程虽然主要是电脑自动运行程序分析，但也需要他不时进行手动的操作，即使夜以继日地工作，估计也要再花三天左右。

但没有关系，为了这一天他已经等了好几年，再等上三天也无所谓。三天后，他将一举成名。中村不无得意地想。

中村在研究所里待到深夜才回家，兴奋的他只睡了三四个小时，第二天一早他又赶在同事之前来了。到了第二天早上，线条已经连贯，层次也已分明。女人的面部特征已经很明显了，那显然是一个年轻女人。令他意外的是，从形貌特征来看，那是一个东方女人，也许就是一个日本人。

因为只是找出了基本的图像模式，这时候的照片还只是一张相对模糊的黑白照，看不清楚细部，但那个女人看上去很年轻，眉目很顺眼，长发散乱地披在肩膀上，既有少女的清秀，也有少妇的风韵。她戴着一对精美的耳环，看上去应该出生在比较优裕的家庭，也许是一个贵族。从发型和装饰来看，多半是一个古代人。这令中村又增添了几分兴奋，想想吧，一个日本古代美女的高清写真！说不定是卑弥呼女王呢！

但那个女人的表情十分奇怪，她张着嘴，似乎在说什么话，眼睛睁得大大的，流露出明显的惊讶和错愕。这表情让中村有点儿忐忑，但这种偶然形成的影像就是这样的，又不是摆拍，有时难免会出现滑稽或古怪的效果，中村想。他想起有一次自己在说话的时候被朋友偷拍，看上去整个脸都扭曲了，非常可笑，但现实中他完全不是这样的。

八点以后，其他同事陆续来了，中村有一股冲动，要跑出去告诉他们自己已经有了极为重大的进展，获得了历史上第一张，也可能是唯一一张感光尘所拍下的人类照片。不是一群长毛的猿人，而是一个人！一个可能生活在千年前的东方女郎！想想看，这该有多么轰动！多么有“人性的光辉”！但他抑制住了自己的冲动，在工作没有完成前，还是先不要告诉别人，哪怕是田中老师，说不定野原要来插一杠子，篡夺自己的成果呢……

“早上好，广雄！”正在中村胡思乱想时，野原健次郎大大咧咧地推门进了他的分析室，他猝不及防，赶紧把图像模式转换为数据模式，一边忙乱地说，“早上好！早上好！”

“辛苦了，有什么新成果吗？”野原似乎发现他的异样，走到他的电脑前，漫不经心地瞅了一眼，中村知道野原其实是不放心自己，生怕自己盖过了他。

“还不是老样子，”中村忙挂上一副沮丧的表情，将昨天打印出来的一堆废纸拿给野原看，“没一点儿有用的东西！野原君，我真是恨透这份无聊的工作了，真想离开项目组算了。”

“耐心一点儿，打起精神来！”野原说。中村注意到，他居然用上了上级对下级的口吻。“工作本来就是很辛苦的，没有一生悬命的觉悟，怎么能够取得成就呢？”

“虽然是这样，可是我想我不适合干这个，”中村几乎要笑破了肚皮，却强忍着，一脸无奈地说，“我没有野原君那样的天赋啊。”

“哪儿的话，”野原摆摆手说，“最重要的是自己努力，加油吧！”

“野原，你这个大笨蛋！”野原走了以后，中村冷笑着想，“这回看我中村的吧，三天以后，你就傻眼了！”

他起身去小心翼翼地锁好了门，又看着荧屏上渐渐出现的女人，陷入了沉思之中。

图像更清晰了。女人肤色白皙，眉清目秀，显得楚楚动人。她的头发并没有完全散乱，看得出她梳着发髻，并且插着一根他叫不出名目的发簪，有点儿像是日本的传统式样，但他拿不定主意。他没怎么看过那些大河剧，对古代社会了解得不多。如果能看到衣服会更容易确定，但衣服的式样还不太清楚，看上去似乎不是和服，也许是什么古代的内衣。

但另一方面，中村看到，那个女人的神情确实是无可置疑的惊骇而痛苦，她圆张着嘴巴，两行泪水潸然从她的眼角流下，让中村看着有些不忍，甚至感到心痛。她双手向前伸出，似乎在吁求什么。中村这才意识到，女人并非跪坐，而是在下跪。那么是夫妻间的吵架吗？还是被婆婆责罚，又或者是碰上了狠毒的仇家？不知怎么，他心中的不安越来越盛，那个女人似乎在盯着他，盯着他本人看。

这目光令他觉得有点儿害怕。他让程序自动给画面上色，关掉了窗口，让电脑工作，然后他走出了房门。

中村吃完午饭，回到数据分析室，打开画面后，一张清晰的彩照已经出现了。那是一个阳光明媚的时刻，女人的面容已经非常清楚，她面色通红，圆睁着一双动人的眼睛，在阳光下闪闪发亮，似乎充满了泪水。她的眼神中充满了恐惧和惊骇，那目光令中村感到十分不安。她确实只穿着一件轻薄的内衣，上面有一些花纹，他看不出内衣的式样，也不知道那是什么时代的。当然，他只负责对画面本身进行数据处理，对于时代和地域的分析，不属于他的工作范围，自然有其他专家处理。

女人的背后是一堵墙，似乎是一栋建筑的外墙，砖缝中长着青草，上面还爬着蚂蚁之类的小昆虫，但没有足以识别的文字或图案。整个画面，只是一个年轻而美丽的女人跪在墙边，向前伸出胳臂。阳光斜斜照在她身上，将她的影子投到墙上，似乎还有另外几个人的影子，但由于光线的问题，在画面的一角叠印起来，看不太清楚。

这时候，画面已经相当于一张分辨率一千万像素的照片，相当高清了。但还远远不够，感光尘的性能超过人类最高端的相机，能够忠实地记录下了每一道最细微的光线，几乎可以记录一切细节。就像那张古猿人的照片，原版的有几十亿像素，并且是三维立体图像，可以辨认出远处地上一只蚂蚁的触须。当然，可能某些局部的信息由于各种条件限制无法精确还原，但至少再清晰上百倍不成问题。

从衣服的式样和质地，以及砖墙的形制等，要分析出大致的时代和地域并不难，但具体发生了什么，恐怕就很难知道了。这粒感光尘当时悬浮在女人面前大概一米左右的地方，在它的后面发生了什么，并没有记录下来。这大概将永远成为一个秘密。除非这个女人是某个著名的历史人物，才能从记载中找到蛛丝马迹。中村遗憾地想。

中村自然想到，等到照片公布后，自己会如何功成名就，名利双收。对这张照片他拥有知识产权，任何人要得到原始图像进行研究，都要向他支付高额的费用，这部分的收入是相当可观的。但那张女人恐惧而惊骇的脸，他却无法忘怀。那个女人脸上的泪珠清晰可见，如在他面前，她像是从时间的深处伸出手来，吁求他的帮助。但是天哪，这个女子可能死了有五百年了。

无论如何，这会是一张惊人的照片，中村想着。

吃晚饭的时候，中村去买了一本轻松的漫画来看，不仅是为了打发时光，更是为了抵消那个女人在他心中造成的异样感，可是不知怎么，漫画上的女性角色总让他想到那个女人。晚上他要继续加班赶工，但他将画面关掉，只查看数据和图表，只有在必要的时候才看一两眼画面本身。到了晚上八九点的时候，中村累极了，趴在桌子上睡着了。他做了一个可怕的梦，在梦里，那张奇怪的照片自己弹了出来，他想关也关不掉，那个女人低着头，垂着长长的头发，如同《午夜凶铃》中的贞子那样，摇摇晃晃，从电脑屏幕中爬出来，向他伸出双手……

中村大叫一声，醒了过来，发现自己冷汗直冒。周围一片寂静，在这空无一人的研究所里，他再也待不下去，关了电脑，回家去了。

在家里，中村也没睡好，一直想着那个奇怪的年轻女人。但不知怎么，他的恐惧感渐渐消退，内心的好奇反而越来越盛。第二天一大早，他又跑回了实验室，急不可耐地打开了电脑，看着女人阳光中那美丽而憔悴的面容，他觉得自己几乎要爱上她了，那个可怜又神秘的古代女郎，他恨不能穿越时光，回去帮助她……

“喂，中村！你看什么？”野原健次郎不知什么时候出现在他背后，大喝一声。

中村一时不察，被抓了个现行，一时张口结舌，说不出话来。

“啊哈，工作时间看女明星的写真吗？”野原嘲笑说，“中村你还真有闲情逸致。”说着他走了过来：“不过这个女明星是谁？这个画面，不会是那种……”他坏笑了一下。

中村赶紧关了画面：“不好意思。不看了，不看了。”他点头哈腰地说。

野原看他没有和自己多说的意思，哼了一声，走开了。中村这才松了一口气。还好野原这个笨蛋离得远，没看清楚，根本没有想到这是感光尘中的影像，还以为是什么电影或者写真呢。

但是在还原完成前，绝对不能让野原再看到了，否则这个奸诈小人不知道又会搞出什么来，说不定会陷害自己一把，剽窃自己的成果，据说野原曾干过这种事。

中村又偷偷摸摸工作了一天多，最初的惊恐经过一夜惊魂，很快就消失了，连他自己都觉得可笑，纯粹是恐怖电影看多了。这只是科学工作，没什么大不了的。但那女人的目光仍然让他觉得不安，似乎从历史深处向他呼喊，那种穿越时光的乞求扰动着他，在她身上究竟发生了什么事？他想要帮她，却无能为力。只有满腔的同情，却永远无法到达对方身边。如中村老师说的，他能做的，只有尽可能精确的还原所有的信息，这或许是对对方最好的帮助吧。

到了第四天的深夜，又只剩下他一个人。感光尘中的信息终于全部提取完毕，一副立体图像出现在他面前。这不是通常意义上的照片，而是对所有光线信息的精确还原，具有三维立体的效果，从远到近，可以聚焦在任何一点上仍保持清晰，从面前的立体显示器中看来，和看到一个活生生的人在他面前没有区别。

中村看到，画面上充满了灿烂阳光，如同要溢出画面、照在他身上一般的明丽，让墙头的野草也充满了蓬勃的生机。

但和这阳光不相称的，是画面中心的女人。较之青涩的少女，她身上多了一份成熟的风韵，应该是一个少妇。她恐惧而无助地跪在地上，伸出胳臂。每一缕发丝，每一根睫毛、每一滴泪珠都纤毫毕现，精细到了极致。她衣衫不整，鬓发散乱，张嘴在高声呼喊着什么，泪痕斑斑的美丽的面庞因为惊骇和悲苦而扭曲着。她穿着粉红色的里衣和浅绿色的长裤，上面绣着一些华丽的花草图案，衣服的质地可能是丝绸的，看上去不像是太古老时代的人，也许就生活在几百年前。

这让中村多少有点儿失望，较近的时代的影像显然不如远古更有含金量。但这个女人如同活生生地跪在人们面前一样，在叫喊着，哭泣着，或许乞求着，视觉的震撼力远远胜过那些远古猿人。这张照片无疑具有巨大的美学价值。

但是还是没有办法知道发生了什么。中村注意查看着每一个细节，觉得自己如同一个侦探：虽然有太阳，但少妇的口中吐出淡淡的白气，说明气温很低，她脸上被冻得发红，裸露的手臂上起了鸡皮疙瘩，也说明了天气的严寒，应该是在某个冬天。她显然不会是自愿穿着内衣到室外的，应该是在他人逼迫之下，从照片上的阴影来看，有不止一个人正站在她面前，而她伸出手臂，大声呼告是在恳求对方……

她可能是一个即将要按族规被处死的妇人，也可能是在某种政变或劫掠中要被杀死，或者是在革命中，要被反叛的暴徒凌辱……但还是不对，这没法解释她目光中那种天崩地裂一样的惊骇，如同看到富士山在自己面前爆发一样。天哪，那是怎样一种犯罪？

不知怎么，中村从内心深处感到了一股兴奋。

这令他感到十分不安。他竭力压制着自己心中阴暗的情绪。看看那个女人，他对自己说，她是多么可怜，多么无助，多么痛苦，无论她遇到了什么，都是可恶的暴力的牺牲品。她值得我们的同情和纪念，希望她有万一的机会能够逃脱面前的魔掌，不管那是什么。

时间差不多了，这些历史疑难就交给专家去解决吧。中村打算关掉画面，趁热打铁写一份影像的还原报告。但那年轻妇人的惊骇欲绝的目光不知为何吸引着他，让他忍不住又对着她的双眸深深地盯了下去。她是那么美又那么无助，如同一朵娇艳的花朵面对着即将到来的暴风雨……

中村深深叹了一口气，正要移开目光，忽然间，在那个少妇的眸子中看到了些什么，那里有些细微的暗影……

“我真是个笨蛋！”中村恍然大悟，不禁叫了出来，从那少妇眼睛里反射的倒影，不就可以看到在她面前的情景吗？感光尘中的影像是包含一切最细微细节的，完全可以将那个影子放大到清晰可辨的程度。

他立刻放大那少妇的眼部，让它占满了整个荧屏，少妇长长的睫毛、眼角的泪滴，以及眼白中的血丝、虹膜的纤细结构都清晰可见，在被泪水湿润的角膜上面有一层倒影，明显有好几个人站在她面前，但看不清楚细节。他立刻启动专业图像软件中的图像剥离功能，将下面的图像和上面的倒影分离，这些操作他轻车熟路。一分钟后，那几个人就站在他面前，电脑还自动去除了倒影本身在弯曲表面上的扭曲，尽可能复原了图像的原貌，使他面前如同出现了一张新的照片一样。

蓝天白云之下，他看到三个穿着黄色军服、戴着钢盔的士兵站在他的面前。阳光给他们身上披上了金色。他们都是东亚人，看上去都很年轻，大概还不到二十岁。最左边的那个士兵将步枪背在身上，神色冷漠，似乎对眼前的场景有些厌倦，衣服上沾着肮脏的血迹，不像是他自己的，不知是他从哪里沾上的；右边的那个士兵却带着兴奋和贪婪的神色，紧盯着面前的女人。可怕的是，他手里拎着一个令人触目惊心的人头，那是一个老人，眼睛凸出，半张着嘴，白发已经被血染红，半遮在苍老的头颅上，看不清是男是女，鲜血正在从那个头颅下面淅淅沥沥地滴下来。看得中村毛骨悚然。

但最吸引中村目光的，还是中间那个士兵，他咧开大嘴，似乎在大声笑着，左手高高扬起，右手举起了步枪上的刺刀，在阳光下反射着金辉。在那刺刀上空，也是画面最上方，一个裸着身体的婴儿悬浮在空中，面朝下背朝天，正在满面通红地哇哇大哭，四肢好像在无力地舞动着。刺刀的刀尖离他小腹大概只有几厘米。

中村愣了几秒钟才明白，那婴儿当然不是真的悬在空中，而是被那个士兵抛起后正在下落，落向明晃晃的刺刀尖。此刻他还是一个健康的小生命，但一秒钟，不，至多 0.1 秒钟后，这个刚来到人间几个月的小生命就将被刺刀穿透，体味死亡的痛苦与无常。

显然，这个婴儿即将面临的悲惨命运，就是少妇无比惊骇和痛苦的主要原因。她是一个母亲，一个即将眼睁睁地看着自己的亲生孩子被那些军人残酷杀死的母亲。

“这是什么地方？那些是什么人？”中村冷汗直冒，惊愕地想。他看那些士兵的装束和武器，应该是比较久远的时代了，可能是 20 世纪的事。那些士兵手中拿着的步枪形制很老，钢盔上有一颗黄色的五角星。他似乎在什么老电影里看到过类似的装束。

中村打了个寒噤，隐隐想到了某些沉睡在他的，不，应该是整个民族历史无意识中某些不愉快的记忆。

少妇仰着头，她的目光是斜斜向上的，仍然看不到周围的情形，只看到在士兵们的背后有一股浓烟冒上蔚蓝的天空，好像是哪里在着火。

中村抑制住内心的恐惧不安，尽量努力让自己理性思考，想要找到更多有用的信息。他很快又想到一点：不仅从少妇的眼睛里，还能从其他的光滑表面找到更多的影像。他退回到原来的画面，选择了少妇脸颊上的一滴泪水，那水滴上正反射出了旁边的情形。那个少妇流泪的时候，决不会想到，那滴源自痛苦和屈辱的泪水中会保存下来此时此刻，发生在这个地方残酷事件的真实记录。

中村紧张地操作着，觉得自己的手都在发抖。

泪水上映照出的影像被还原了，那是阳光下一条长长的街道，街道上有十几个装束相近的士兵在活动，还有其他几十个平民，或者平民的尸体。

画面最前方，是一具老人的无头尸体，那具尸体趴在地上，鲜血从脖颈处还在不断地涌出。这具尸体显然就是左边那个士兵所拎头颅的尸身，从服饰上看是一个老太太。这个老妇人衣着贵重且体面，离少妇才几米远，而且刚刚被杀，应该是那个少妇的亲人。

稍远处，是另一个被杀的男人，也很年轻。他死不瞑目，眼睛死死地望着这边，一只手似乎还试图伸过来，但是身体大概已经被刺了很多刀，倒在了血泊中，再也爬不起来。中村想，这可能是那个少妇的丈夫。

更远一点儿的地方是一处宅门，两个士兵正狞笑着，抓着一个人的头发和手，显然是想要将她从门中拽出来。那个人只有头发和半个手臂可以看到，但是从长发和半只洁白细嫩的手臂看来，那应该也是一个女人。

他们后面影影绰绰还有一些人，但是看不清楚，只看到脚下还有几具尸体，穿着平民的衣服，但看上去要破旧得多。其中一具女尸裸着身子，肚子已经被剖开，内脏流了出来……

中村觉得胃里一阵恶心，不由自主地捂住了脸，瑟瑟发抖。良久，才敢再次将视线投向荧屏，把目光移向画面的另一侧。街道对面跪着另外几个平民，士兵们拿枪对着他们，他们神情麻木且呆滞，似乎连恐惧也没有了，其中一个已经中弹，血水已经在胸口飞溅了出来。他脸上出现了奇怪的表情，似乎已经被子弹的冲力所震动，但还没有感到完全的痛苦。另外一个士兵正用刺刀扎向一个中年男人，那个人张着嘴，好像想要本能地闪避，但明显来不及了。另外几个士兵从对面的宅院中搬着箱子，一个人明显是把一把亮闪闪的首饰塞进自己的包中。

稍远处的屋檐上，落着三四个血淋淋的人头，不知道是怎么到上面去的，也许是士兵们扔上去取乐的。

不用说，路边都是血和尸体，有的尸首分离，有的手足被砍断，其中又有好几具裸体或半裸的女尸。斜对面有一条小巷，只能看到入口处，那里的血泊中露出一个头和半个身体，它边上是另外两只人脚。显然那里又是几具尸体。中村觉得，这简直像是一个找尸体的恐怖游戏。

画面尽头，另一队士兵正在赶来，他们打着一面旗帜，旗帜正在太阳底下威风凛凛的迎风招展，但是角度实在太偏了，看不清楚，中村不得不一再放大，影像模糊起来，即使是感光尘中的影像，放大能力也到了极限，毕竟这一切只是从画面上一个女人脸上一滴泪水中分辨出来的倒影。

但中村终于看清楚了，那是一面太阳旗，中间一个红色的圆圈，血红色的射线射向四周。中村至少有起码的历史常识：这是一面第二次世界大战时的日本军旗。

“真的是大东亚战争……”中村喃喃地说。他当然听说过那场战争的残暴和苦难，但对他来说，这早已经是一个世纪前的往昔了，和自己毫无关系。他怎么也不会想到，自己会亲眼看到战争中如此具体而微、如此栩栩如生的画面，这和在现场观看几乎没有区别。

而且他看到的，不是自己的同胞国民们在战争中的苦难，而显然是另一个国家，另一群民众所经历的更为强烈和残酷的痛苦，这些痛苦的根源，就是那面军旗所代表的军队：他自己国家的军队。

……

但那究竟是哪里？是哪个国家，哪个城市发生的事情？朝鲜？中国？东南亚的某个国家？

中村的手盲目地在画面上搜索着，终于找到了街道尽头的一块招牌，那招牌上写着六个他自己也认识的汉字——

“南京寶福商行”

南京？南京？难道是——

“那是中国南京。1937 年 12 月，当日本帝国军队打下当时的中国首都南京后，进行了大规模的屠杀、强奸和凌辱平民的行为，也就是所谓的‘南京虐杀事件’。”一个冷峻的声音忽然在中村身后响了起来，中村吓了一跳，急忙转身，看到田中胜志教授一脸沉郁地站在自己的身后，不知道他已经站了多久。

“田中老师？您怎么——”

“广雄君，不好意思。今天野原跟我说你私下用研究所的电脑看色情片，我知道你不是这样的人，所以一时好奇，利用我的权限查看了你的使用记录，无意中知道了你的最新发现。”

中村哑口无言。

“干得不错啊，广雄。”田中老师叹了口气说，“我一直相信你能做出好成绩，但想不到，你居然发现了这么惊人的东西。”

中村忽然有一种奇怪的羞耻感，好像自己找到这张照片，是犯了什么不该犯的错一样，情不自禁地说：“老师，我不是有意要……我也没想到是……”

“真是残酷的历史啊，”田中老师没有理他，而是看着荧屏，若有所思地说，“南京事件，日本军队的残暴，我以前看过一些历史资料，但都是模糊的黑白照片，想不到今天却可以看到活生生细致入微的场面。”

中村听说过“南京事件”，好像中国和日本之间经常因这个话题争论。但他一向不关心政治，教科书上也语焉不详，其实他并不了解多少。“这个南京……事件……死了多少人？”他涩涩地问道。

“多少人？中国人说死了三四十万，我们有人说只死了几万，还有学者说没发生过。争议很多。”

“这照片……怎么可能没发生过？”中村看着荧屏，呆呆地说。

“不管怎么说，就算只死了几万，也是非常可怕的情形，对于和平时代的日本人，怕是无法想象的吧。”田中叹了口气，“更不用说，那么多的惨案……我们民族对于性和死亡果然有一种变态的眷恋吗？说起来，广雄，你打算怎么办？”

“怎么办？”中村不明白田中的意思。

“广雄，你真要发布这张图像吗？”

中村还没有想过这个问题，从工作流程上来说，发布感光尘的历史图像似乎是理所当然的事。但田中老师好像在暗示他——

“广雄君，你不要误会，”田中老师神色庄重地摆了摆手，“我不是什么右翼分子，也不是想遮掩什么，但我是为你着想。发布这张照片，会让你卷入不必要的纷争，也会给你个人和家人带来麻烦，肯定会有很多人质疑它的真实性，也会有人攻击你是亲华分子，你是大有前途的年轻人，我不希望你卷入这些事情中。你知道几年前有个记者因为写了本关于南京事件的书被右翼人士逼得自杀的事吧？”

中村点了点头，冷汗涔涔而下。

“你知道就好，再说这张照片也没有太多历史价值。当时的历史资料已经浩如烟海了，也并非没有照片资料，多一张照片，少一张照片并没有什么区别。”

“可是老师，您看那个女人，她就像活生生跪在我们面前一样！这一切简直就和……就和……”中村竭力想找一个合适的比喻，但却找不到，“就和发生在我们身边的一样！没有任何其他老照片或者视频能有这样的效果！怎么能说它没有价值？”

“那又如何呢？这只是一个历史场景，亿万个场景中的一个。”田中老师做了个表示无穷无尽的手势，“世界历史上充满了这样的场景：蛮族对罗马的洗劫、君士坦丁堡的陷落、纳粹屠杀犹太人、卢旺达的种族灭绝……中国自己的历史上也很多，蒙古人、满洲人、汉人自己等，历朝历代都有……但是早已经时过境迁了，没有必要再把旧日的伤疤揭开，这对大家都没有好处。再说，我想整个日本国内没人会愿意购买这张照片，如果我们把它卖给中国人，又会给那些右翼分子攻击你和整个研究所以借口，说我们为了赚中国人的钱出卖国家。”

“可是……”中村有些犹疑，“这可能是唯一一张记录下现代人类的感光尘照片了！如果我们隐瞒的话……好像……”

“广雄，你不觉得这很不公平吗？”田中老师渐渐激动起来，“看看那些猿人！”他指了指墙上的照片，那里的猿人们正穿越百万年的光阴，望着他们，“他们是不折不扣的野蛮人，甚至不是真正的人，但是看上去却充满了人性的光辉。因为感光尘恰好拍到了这个场面，而不是他们在血淋淋地吃自己同类的肉！我们当然远比他们文明，但是记录我们这个物种历史的感光尘照片——或许是唯一一张——却是在一个已经进入文明的时代，是我们这个在亚洲最早拥抱现代文明的民族，我们大和民族最恶劣的行为！看上去，我们连那些猿人都不如！

“这张照片会让20世纪那场已经被遗忘的战争重新被翻出来，日本将成为全世界的笑柄，我们将为祖先的所作所为蒙受屈辱。这和那些黑白照片不同，像你说的。这简直栩栩如生！全世界都会看到我们一百年前的那残忍一幕，都会对我们义愤填膺，但是为什么偏偏是我们？这太不公平了！读读历史就知道，俄国人、德国人、美国人、包括中国人自己，他们的手上并不比我们干净多少。但是偏偏是我们不幸，那只来自宇宙深处的怪异眼睛，沉睡了六千五百万年的悠久时光，一直闭着，在我们历史千万光辉的时刻，它都没有睁开，它没有照见平安时代古典宫廷的优雅，没有照见镰仓武士在九州海滩上击退登陆元寇的勇武，也没有照见近代大政奉还、明治维新时的朝气……却偏偏在那一刻，在南京城的那条小街上睁开了，它见证了我们的丑恶，却没有照见别人的……

“当然，我并不是要否认日本军队罪行，但看看那些士兵！他们是我们的同胞、我们的血肉、我们的祖先，其中可能有我的祖父，或者你的曾祖父，他们也是被军国主义者煽动离开故乡，漂洋过海来到战场的。他们几乎还是未成年人！我们像他们那么大的时候，还在中学里给女孩子写情书呢！他们知道什么？他们受到的教育，让他们在惨烈的战争中迷失了人性……事后他们肯定也为此而忏悔不已。他们中的大多数人也付出了惨烈的代价，死在异国的战场上，永远见不到故乡的樱花，如今他们的亡魂已经安息在神社里，为什么还要再次惊扰他们？

“战争中，日本人也付出了沉重的代价，比如遭受原子弹爆炸的袭击，几十万人死去，许多城市被炸成焦土……战后，我们给了中国多少无偿的贷款，帮助他们发展。中国人还不依不饶，让我们的首相和天皇磕头谢罪……我们的国家蒙受了百年的耻辱，我们和中国人一样，是无常历史的受害者。最近十几年中，中日关系终于走向了友好，大家终于可以放下历史的包袱，一起向前看了，为什么还要揭开这层伤疤？这对所有人都不会有好处的。我们让自己痛苦，从中国人那里也得不到感激，只有重新激起的历史仇恨，这是你想要的结果吗？”

田中老师滔滔不绝地说完了这些，看着中村。中村脸色灰白，低着头没有说话。

“当然了，广雄，”田中老师话锋一转，“这是你的发现，你有选择将它公开的自由。我不会，也无权阻拦，更不会给你什么压力。只是提醒一下可能的后果，我希望你想明白，每个人都要为自己的行动负责，这样做，对你自己，对整个国家，对这个世界会有什么意义。”

说完这些话后，田中老师又露出了熟悉的宽厚笑容：“我先走了，你自己想清楚吧，明天来找我，广雄。”在中村的肩膀上拍了拍，转身离去。

中村呆呆地坐在椅子上，心乱如麻，甚至不记得跟老师道别的礼节了。

田中老师走到门口，又想起了什么，从兜里掏出了一个魔方大小的金属方块：“对了，今天下午我看了你的照片后，去调来了编号为JA-TO-134的感光尘储存器确认了一下，证实影像属实。现在，我把它交给你处理。”他把方块放在中村的工作台上，转身出去了。

房门在他身后悄悄关上了。中村看着荧屏上的影像，良久没有动一下。望着画面上女人绝望的眼神，他心中茫然无绪。在他二十多年的生命历程中，他从不关心政治，但现在却要为政治负责，这超出了他的心理承受能力。现在，他只想把这一切远远抛开，忘得一干二净。

但我们都是政治的一部分，中村想，是历史的一部分，是这个国家的一部分。我们要为和自己血脉相连的往昔负责，谁也躲不掉。我，中村广雄，也要负上属于自己的责任，这件事必须由我来做——

中村终于下定了决心，看着荧屏上少妇圆睁的双目，带着歉意说："很抱歉打扰了您。请安息吧，以后再也不会有人来惊扰您和您的家人。"

他眼里含着泪花，郑重地向少妇鞠了一个躬，然后他按下了删除键。

他以前从来没有删除过感光尘照片，甚至没想过这么做。此时，他看到，由于信息量实在太大，荧屏上的画面消失得十分缓慢，并非一下子不见，只是渐渐从清晰一点点变得模糊，彩色变成黑白，图像变成线条，最后线条也消失在空茫的荧屏上，只留下一片空白。

中村长出了一口气，又花了一会儿工夫，清理了一切备份的数据和记录，然后拿起了那个方块，在侧面按了一个键。

方块自动打开了，一个透明方形器皿从内部冉冉升起，大约只有一立方厘米见方。透明器皿上发出蓝色的荧光，中村知道，那粒肉眼几乎不可见的JA-TO-134号感光尘就在里面的真空磁场中悬浮着。

他盯着那个器皿看了很久，如同那张照片还在他面前闪现着。他知道，即使删除了电脑中的一切信息记录，只要感光尘还在，那个女人的面容、那些士兵的暴行，那条街上所发生的一切就仍然存在在这个世界的某个角落。将来总会有一天，会有某些人再次看到它……

中村悚然一惊，再没有任何犹豫，在方块底部按下了一个标着"消毒"的键，然后又按了确认。

霎时间，蓝光变成了红光，红光持续了大约三秒钟，然后消失了。中村知道，这意味着感光尘已经在上千度高温中被消灭，忠实记录一百年前的阳光的内部结构被破坏殆尽。即使它还存在，也只是一粒普通的尘埃而已。

中村仿佛看到，女人和孩子，那些被侮辱和杀戮的中国人，他们的恐惧和痛苦，他们呼喊和哭泣，他们的容貌和命运，永远沉入了时间的深渊之中，在无可辩驳的模糊中化为乌有，如同从未存在过一样。

嗯，就当这一切不存在吧。中村想着，心中忽然有一股如释重负的宁静。这让他知道，自己做出了正确的选择。他长长叹了一口气，将目光投向墙上的照片，百万年前的灿烂阳光之下，猿人们正幸福地微笑着。

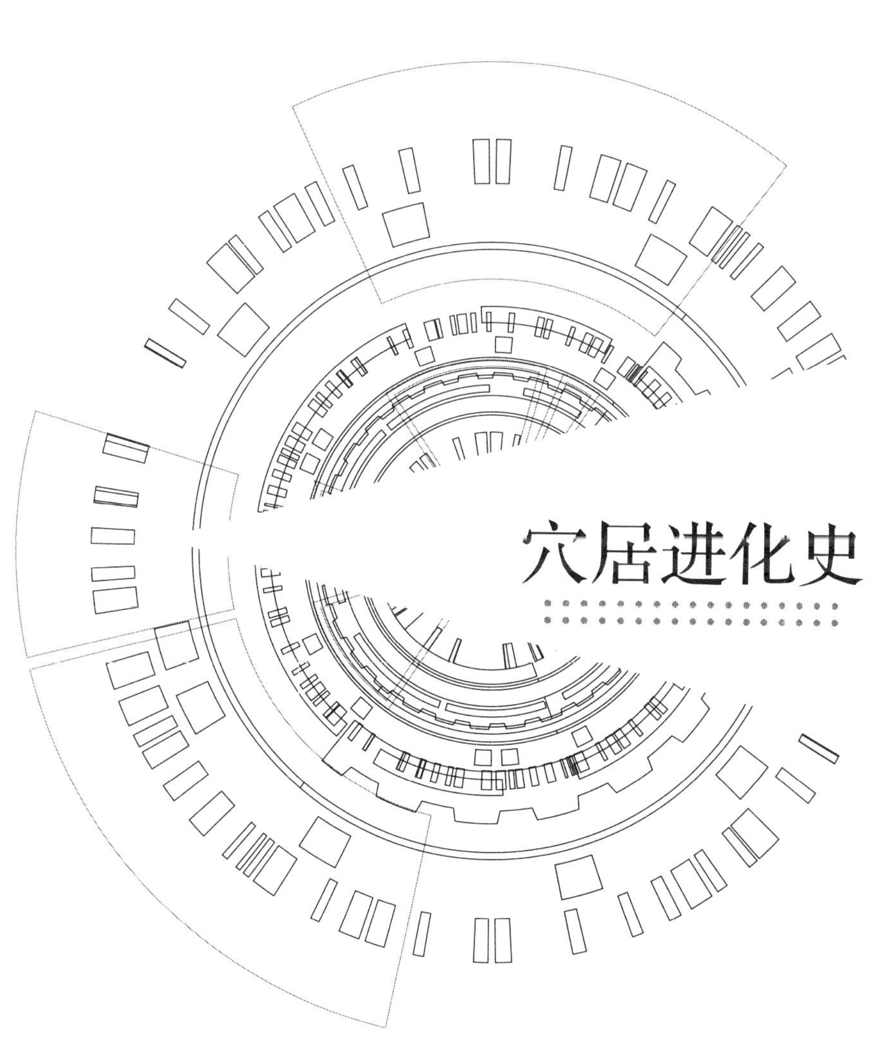

穴居进化史

公元前 40000 年

阿鲁躺在岩洞深处，远离人们围着的篝火。属于他的那块冰冷石头上没有舒适保暖的兽皮，只有一堆脏兮兮的干草。已经是深夜了，外面下着大雪，气温下降得很厉害。阿鲁感到寒气已经闯入了洞穴，包裹着他的身子，正在侵蚀进裸露的皮肤中。

阿鲁向篝火望去，他也想躺在篝火边上享受松木块所带来的光明和温暖。但那里围着的都是些强壮有力的猎人和他们的女人。阿鲁只要稍微走近几步，就会被他们揍得鼻青脸肿后一脚踢开。阿鲁已经试了许多次，不敢再去找打了。

有个叫果果的女孩，是部族里最年轻漂亮的姑娘，每个男人都喜欢，当然也包括他，但平常总凑不到她跟前。前些日子，他总算鼓起勇气，在灌木丛里摘了一把野果，选出最好的送给果果，女孩正要接过的时候，阿熊出现在他背后，一巴掌把他打到边上去，然后把一条血淋淋的麋鹿腿扔在果果跟前，果果脸上出现了惊喜的表情，把鹿腿捧了起来。阿熊咧嘴一笑，一把抱起了果果，到了一棵松树后面，被打得晕头转向的阿鲁哼哼唧唧了半天才爬起来，只看到树后二人的身影……

阿鲁也想弄到一条鹿腿送给果果，但他力气小也跑不快，布置陷阱的水平也不敢恭维，打到好猎物的机会微乎其微，有一次他好不容易逮住了一只肥兔子，也被阿熊和阿豹他们一把抢走，打了牙祭，哪有他送出去的分。最漂亮的女人归最强壮的猎人，这个世界的游戏规则就是这么简单。

狩猎永远是阿鲁心头的噩梦，他的舅舅就是在打猎时，被一只猛犸象活活踩死的，他的哥哥被一头剑齿虎咬掉了半只胳臂，伤口化脓，没几天就死掉了。可是每天，他仍然要和其他男人一起冒着严寒去雪原上集体狩猎，却只能分到骨头和肠子之类微不足道的部分——如果能分到的话。阿鲁害怕打猎，即使对果果的迷恋也没法让他想成为一个好猎人，因为他知道他天生就做不到。对他来说，山洞是最令他放松的地方。只有在这里，他才能找到外面没有的安全感。

篝火那边，阿熊发出一声低吼，身体抖动了几下，便搂着果果，倒在兽皮上呼呼睡去。寒冷——以及阿熊的鼾声——却让阿鲁难以入睡，他坐起身，从干草下拿出半根烧焦的木棒，在岩壁上涂抹了起来，不久，一只栩栩如生的野牛轮廓出现在洞壁上，然后是一只跳跃的小鹿。

这是阿鲁唯一的技能，也是部族里其他任何人都不会的技能，他几乎能够画出任何动物的形象，人们在他画出的线条前都感到困惑，他们知道，这些单薄的形象并不是真的动物，却让他们觉得那是一只动物，他们不知道这是怎么回事。有一次，阿熊看到阿鲁画了一头野牛，迷惑地看了半天，越来越烦躁，最后大吼一声，把阿鲁按倒在地上揍了一顿，警告他不要再作画。但凑巧，那天他们居然真的打到了一只野牛。有人说那是阿鲁的奇怪符号带来的好运。阿熊对此嗤之以鼻，不过对阿鲁的古怪行径只能睁一只眼闭一只眼了。

阿鲁又画了一只狮子，他不是第一次画狮子，但这次在狮子身边，他添了一个男人，拿着一根木叉，叉向狮子。画上的男人只是几笔简略的轮廓，看不出任何特征。但是阿鲁在心里说：那是我，是我阿鲁。看我多厉害！一个人打下了一头狮子。

阿鲁想了想，又在狮子脚下画了一个倒下的人，那是阿熊，不过没有脑袋。脑袋，被狮子吃了，他想。

阿鲁傻呵呵地笑起来，似乎忘却了身边的一切烦恼。他画得兴起，又在画里的“阿鲁”边上添了另一个人形，有着诱人的身体曲线。他心里说，看，那是果果。在他创造的这个世界里，果果是受他保护的女人，当他杀死那头狮子后，就会把狮子扛在身上，和果果一起走回属于他们的洞穴，甜蜜地生活在一起……

对了，还要画一个孩子，他和果果的孩子……

洞穴外，冰河时代的雪越下越大。

公元前 15000 年

午夜，夜神统治的天空发生了恐怖的变化，雷神也许是好几天没有吃到祭品，怒吼起来，挥动大斧，将天空的巨幕一次次撕开，诸天间的滔滔河水从电光的缝隙间倾泻下来，在风神的助威下，变成万千道冰冷的鞭子，无情地鞭打着大地众生。

骨笛和几个同伴挤在一起，蜷缩在一棵橡树之下，面对天神的愤怒瑟瑟发抖。这棵橡树粗壮高大，枝繁叶茂，可以遮蔽大部分风雨，而他们躲在一根不知怎么折断而垂下的大树枝底下，形成了一个狭小的封闭空间。这个临时避难所对付一般的小雨问题不大，但在今天的暴风雨之下就没那么有用，虽然大部分水都顺着树枝和叶子流走，但还有一些雨水从枝叶间的缝隙渗透进来，把他们浑身淋湿。女人们恐惧地祈祷着，男人们不满地咒骂着，只盼望这场豪雨快点过去。但从黄昏到深夜，风雨没有半点儿停止的迹象。

“我们不该到这里来的，”骨笛听到哥哥石斧抱怨说，“如果留在北方老家就好了，至少还有山洞可以住。”

“可留在老家，我们会冻死的。”骨笛说，“冰雪神统治了一切，大地终年冰封，寸草不生，除了长毛象和披毛犀，没有动物能活下来。”

“呜呜，可是这里也很冷啊，一定是冰雪神追来了……”他的妹妹贝壳在另一边害怕地啼哭着。

“不会的，”骨笛宽慰妹妹说，“你看，至少还有森林，而且下的是雨，不是雪。”

但他想起了那些传说：北方的冰雪神打败了森林神，封锁了大地，森林神逃往南方。大地被无尽冰川覆盖，几乎没有多少生命能够幸存，人类被迫追随森林神的步伐，逃往温暖的南方。

但骨笛的氏族离开北方的时间太晚了，对他们来说，森林只是一个美好的传说。他们走了整整两轮月亮盈亏，路上死了十多个人，才越过冰川和草原，到达了这片林木丰美的森林。他们满怀希望地寻找山洞，打算定居下来开始新的生活。不久，他们果然找到了一个合适的山洞。

可他们很快发现，他们不是最早来到这里的殖民者。山洞早已被另一群人——从骨笛的角度看，那些棕色皮肤，卷头发的家伙几乎不能说是人——所占据。他们不说骨笛氏族的语言，说话像是鸟叫。冲突爆发了，但对方把守了洞口的要道，骨笛他们没法攻进去，反而死了两个同伴，只有狼狈撤走。

一天天过去了，他们在陌生的森林中漫游着，风餐露宿，一直找不到合适的山洞，北方大地的人们都躲到了这里，许多山洞都被各色人群占据，即便有个别没被占据的又太小，容纳不了那么多人。他们只有栖息在树下，平常还好，生起火来也还暖和，但一旦遇到暴风雨就难以栖身。这些日子因为淋了风雨，死了两个大一些的孩子和一个老人，现在他们只有十来个人，如果再持续下去，这个孑遗的小部落就会在这陌生的土地上灰飞烟灭了。

必须尽快找到新的洞穴，骨笛想。

骤然，一阵暴风吹来，原来垂下的大树枝彻底断了，带着枝叶滚到一旁，骨笛和他的同伴们立刻暴露在风雨的直接吹打之下，人们惊叫着，慌忙躲到仅剩的一块枝叶遮蔽之下，但那地方实在太小，庇护不了那么多人了。

骨笛和石斧倒是找到了较好的位置，但弱小的贝壳就被挤在了外围，任风雨吹打，剧烈地发抖着。石斧叹气说："真是倒霉，如果那根树枝没断就好了……"

一道闪电划过，不是在外面的天空上，而是在骨笛的脑海中。他从树叶的缝隙间望了一眼那根树枝，正躺在几十步外的泥水中。

"如果那根树枝没断……"骨笛想，"如果它还在那里……"

"我们把那根树枝扶回来！"他脱口而出。

"什么？"石斧很是迷惑，"可树枝明明断了呀。"

"把它放回去！"骨笛说，"放回原处就行了！"

"那不可能，"石斧一口否决，"树枝撑不住的。"

贝壳的颤抖越来越厉害，她太小，淋了雨会生病死的。骨笛来不及多想，冲了出去，把浑身湿答答的贝壳抱住，递给石斧："护着贝壳！"他说。

"骨笛，你疯了吗？外面——"

但风雨交加中，骨笛已经听不到石斧的话了，他冒着冰刀般的寒雨，在泥泞中提起那根手臂粗细的树枝，拖回来，想架回到以前的位置上。但他找不到合适的所在，无论怎么摆弄，树枝总是无法架稳。

"跟你说了不成的，骨笛。"石斧对他说，"快回来吧，凑合凑合算了。”

“回来吧，骨笛哥哥，”贝壳也说，“我们挤一挤就好了。”

骨笛犹豫着，冰水的抽打让他难受到了极点，还是放弃算了，他想。但这时，闪电照亮天空，让他看到了两根树枝之间的树杈，高度正合适。他灵机一动，把树枝架到了一个树杈中间，这回果然成功地架住了。

骨笛高兴地从一边钻回去，大树枝挡住了大部分风雨，比起刚才的窘状，避难所变得舒适了很多。

“骨笛哥哥，你真厉害。”贝壳挤到他身边说，众人也交口称赞。

“瘸腿的猎人碰上死剑齿虎而已。”石斧冷冷地说了句谚语。

外面的风声越来越大，吹起了树枝的垂在地上的一头，树枝的另一头在树杈间摇摆碰撞着，摇摇欲坠。

“当心！”石斧忽然大叫一声，抓住贝壳，把她拖回来，片刻后，那根树枝又在她刚才坐的位置砰然落地，溅了人们一身泥水，新修复的避难所又毁坏了。

“看你干的好事，”石斧斥责骨笛说，“差点儿害妹妹被砸死！”

骨笛觉得脸上发烧，仿佛人们都在谴责地看着他，他不甘地再次冲出去，查看那个树杈，很快看出问题所在：它太宽了，树枝可以搁住，但没法固定。

如果再窄一点儿就好了……

如果能让它变窄一点儿……

骨笛脑海中再次灵光一现，对石斧说：“把斧子给我！”

“干什么？你要砍柴火？现在？”石斧无法理解。

“给我再说。”骨笛无暇解释。石斧犹豫了一下，还是把身边的手斧递给他。他因为石斧而得名，做的斧子也是氏族里最好的。

骨笛握住手斧，在树杈间用力砍了下去，两下就砸破了树皮，砸出了一个小的缺口，并随着他的每一下砍斫而不断扩大。骨笛全神贯注地干着活，虽然风雨无情地浇打在他身上。但他内心被这个完全新鲜的念头充满，全力工作中，身上竟渐渐不感到寒冷，反而暖了起来。

可是砍了半天，骨笛已经精疲力竭，对了一下槽口，还是太小了，没法把粗大的枝干放进去。他喘着粗气，想再干活一时也没了力气。

“没用的家伙，看我的吧！”这时候石斧也出来了，站在他身边，握着另一块斧子大力砍斫起来。他终于看出了骨笛的目的，兄弟俩相视一笑，一起唱着粗朴的歌谣，奋力工作着。

终于，树杈上出现了一个大小适中的缺口，骨笛和石斧将那根树枝架上去，这回牢牢地嵌在了树杈中间。骨笛想了想，又把另一头用一块石头压住，这样两端都固定了。避难所变得牢不可摧。

骨笛和石斧钻了回去，享受着将风雨屏蔽在外的劳动成果，不过没有过多久，雨就停了。

“雨这么快就停了？”石斧反而有些失望，“咱们白干了一场。”

“不，没有白干，”骨笛说，“那根树枝不会再掉了。哥，我觉得以后我们可以一直住在这里。”

“开玩笑，就算你固定了那根树枝，这里比山洞还是差远了。”

“可附近我们都找遍了，已经没有合适的山洞，恐怕我们必须面对现实：这里已经找不到可以住的山洞了，去下一片森林估计也差不多。”

“但这个地方还是有点儿……”

“哥，我有个想法，”骨笛的眼中闪烁着热切的光，“我们可以架上更多的树枝，把这里变得像山洞一样密不透风。”

“可是哪有那么多树杈？”石斧不解地问。

“不，你没看出来么？根本不需要树杈，”骨笛说，“只需要石斧、石刀或者石锥，我们可以在树干的任何地方凿出一个洞，折下合适的树枝插进去，也许还可以用藤条绑起来，下面可以用其他树枝支柱，或者用石块垒起来也行……”

“你究竟在说什么？”

骨笛比画着：“我是说，我们可以在大地上造一个山洞！然后让大伙儿住进去。”

“这……”石斧被这个说法惊住了，“听起来这像是鸟筑巢……可我们是人，祖祖辈辈一直是住在山洞里的，怎么能够……”

“鸟可以筑巢，老鼠可以挖洞，为什么我们不能用树枝造一个自己的山洞？”

“这……这怎么能一样呢，我们不是鸟也不是老鼠啊。”

“但是我们能够做到。”骨笛说，“就像我们能够改变石头和兽骨的形状一样，我们也能改变那些树木，让它们变成我们的洞穴，为什么不行呢？”

“可破坏了那些树木，这不会触怒森林神吗？”

“森林神会原谅我们的。你想想，只有这样，我们才能留在这片森林里，否则我们在迁徙到下一片森林之前就会死光。”

“骨笛哥，我觉得你说得对，”贝壳也加入谈话，“现在已经是这样了，为什么不试试看？”

越来越多的人加入讨论，有赞同也有激烈的反对，骨笛的建议引起了人们的兴趣，最后，赞成者占了多数，他们决定明天一早就开始进行这个全新的尝试。

风雨过去，乌云散尽，天空从黑暗中显出深蓝，火红的晨曦从东方的地平线上透出，鸟儿开始在雨后的林间歌唱，白昼神即将到来了。

骨笛隐隐感到，这将是一个全新的黎明。一片新的森林，不，一个史无前例的时代即将到来。人，即将用双手在大地上建立起自己的居所。这会永久性地改变人和万物以及神明的关系。

那将是一个聪慧如他也无法想象的白昼。

公元前1339年

底比斯是一座壮丽的都城，法老很怀念在卡尔纳克神庙巨大的百柱殿里沐浴尼罗河水的惬意。不过比起那南方的旧都，法老更喜欢脚下的埃赫塔顿。因为这是他自己建造的，属于他自己的城市。在这里没有历代先王的陵墓和宫室压在他头顶，也没有讨厌的阿蒙神庙的祭司对他指手画脚，这里的统治者只有他，和庇护他的太阳神——阿吞。

整座埃赫塔顿城尚笼罩在黑暗之中，只有东方有一线朦胧的光，勾勒出城中几座高大神像和方尖碑的轮廓。法老一早便已起来，站在这座伟大城市的中心、他亲自设计的太阳神殿门口，看着春分日的太阳准确地从两根巨柱间升起，将金色的阳光射进长长的空无一人的柱廊，照亮了挂在头顶的纯金的阿吞神像——没有人的形体，只是一个放射着光明的圆盘——在阳光下熠熠生辉，如同第二个太阳，通过巧妙设置在殿中各处的圆镜，将阳光一一反射，把整个大殿照亮，这是属于他的光明，令他感到欣悦无比。原本如同黑暗洞穴般的大殿，转眼间便成了充满光明的宇宙。

法老在阿吞神像下伫立着，心中充满了宁静的愉悦。

和往年一样，今天的春分祭祀仪式由太子图坦卡蒙代为主持，表面的理由是法老要在圣殿中接受阿吞神的默示，但事实上，法老怀疑其他人也暗中知道，是因为他不想在公开场合露面。他身材比一般人高得多，长着狭长的脸，细瘦的四肢和肥大的胸和肚子，身体完全不匀称，看上去像是一个怪物。虽然由于他无可争议的高贵血统得以继位，人们对他表面上毕恭毕敬，但法老知道，不知有多少人在他背后指指点点，传播着各种恶毒的谣言。

为此，法老建造了新的都城，从底比斯搬到了这里，在埃赫塔顿的新宫廷中，他不用再在众人面前出现，无论是他的兄弟叔伯，还是大祭司，一般都见不到他。这里他可以醉心于和他的阿吞神的精神交流，并且发展各种颂扬新神的艺术：在他的指导下，新风格的绘画、雕塑和诗歌，源源不断地涌现出来，他如同建造了一个属于自己的世界。

面对着阿吞发光的神像，法老在无人的大殿里高声吟咏着他亲自写下的热情颂歌：

“你在我心目中，
没有其他人知道你，
只有你的儿子，伟大的国王！
他来自你的身体，
代表你统治大地，他爱着他的王后。
哦，美丽的娜芙蒂蒂！
……”

但有时候，外面的纷扰仍然要打破法老宁静的心灵。

卫士通报后，一名红袍的高级书吏走进大殿，在法老面前跪下行礼。他带来了外部的消息：

“太阳神阿吞的化身，上埃及和下埃及的至高统治者，伟大的万王之王……”书吏不敢马虎地念诵着法老冗长繁复的神圣头衔。

法老不耐烦地挥了挥手：“说正经事吧，有什么消息？”

书吏从镶金的皮袋里抽出一张写满象形文字的纸草卷，展开念了起来：“赫梯王的军队已经占领米丹尼王国，我们在幼发拉底河的统治被动摇……

“我们的同盟巴比伦王国也面临入侵，国王向您紧急求援……

“叙利亚的叛乱进一步扩大，总督已经被反叛者杀害，目前骚乱已经延伸到了迦南地，反叛者甚至僭越称王……”

“够了！”法老怒气冲冲地说，吓得书吏趴伏在地上，“去年年底，我已经命令驻守孟菲斯的十万大军前往亚洲平定局势，并从底比斯增派三万援军，为什么到现在局势还没有缓解？是你没有把命令传达下去吗？”

“太阳神的化身啊，”书吏哀告说，“我怎么敢违背您神圣的旨意？我第一时间就把消息沿着尼罗河传到了底比斯，但是那些……那些大祭司们……”他吞吞吐吐起来。

“说！”

“是，那些大祭司控制了您的各级长官，找出各种理由拒绝执行您神圣的命令，他们说，由于陛下背弃了阿蒙神，埃及上下都人心惶惶，底比斯也骚乱四起，就是尼罗河的洪水也频繁地爆发，这都是诸神降罚。再说，国库的钱都被用于修建新都了，收成不好，军队也填不饱肚子，对边陲局势无能为力……除非您的銮驾返回底比斯，向阿蒙神忏悔，重新得到神的庇佑，否则您的旨意他们无法执行。”

“混账！如此藐视我的权威！”法老的怒火如同要将整座神殿吞没，将一只金杯抛到地下，发出尖锐的碰撞声，在大厅中回荡着，“传我的命令，埃赫塔顿的全部军队整装待发，我要御驾亲征这些老鼠一样的叛徒，将邪恶的阿蒙神庙夷为平地！”

书吏浑身发抖，答应着向外退去，法老却又叫住了他，“等等……你先下去，让我再想想。”

当愤怒的潮水退去，法老就知道，他的话不可能实现。在过去的十多年中，他和阿蒙神的僧侣们进行了不知多少次的斗争，毁掉了好几座神庙，甚至处死了几名大祭司，却没有撼动对方的根本。反而被他们一步步逼出底比斯，让他退缩到埃赫塔顿这个坚固的壳里，事实上也架空了他。他的实际权力小得可怜，号令也许根本出不了这座城市。御驾亲征？笑话。恐怕到时候他自己的军队会第一个兵变。

事实是，几乎没有任何人理解他，他的信仰、他的艺术、他的世界。他是他们的王，但也是这个世界的异类。

除了那个完美的女人……

他的王后，娜芙蒂蒂。

现在，法老急于见到她，向她诉说一切。只有她永远能够理解他，支持他……她是他的“共治者”，在宫廷的壁画上，他和她永远站在一起，仰望天空，接受阿吞神的洗礼。

他离开了前殿，走过后面宽敞的中庭，走进王后的寝殿，那是他不允许任何人进入的地方。金碧辉煌的寝宫中没有侍女，只有一线金色的阳光从高窗照进寝室，照亮了摆放在案头的一尊精美的彩绘雕像。

高高的蓝色王冠下，是一条缠绕在额头上的金蛇，下面是一张清丽无瑕的容貌和一对梦幻般的眼睛。

那是他亲自雕琢的，他梦想中的完美女神。娜芙蒂蒂，这个名字就意味着——“美丽的人来了”。世界上任何女人都无法和她相比。

但是不存在这样一个完美的女人，从来不存在。她是法老少年时的梦，一个超出这个和他为敌的世界的奢侈梦想。即使在他成为法老后，也没有办法让这个幻影变为现实。

但至少，他能够让这个世界认为她是存在的。提及她的铭文和画像在埃赫塔顿无所不在，他将他和几个侍女生的儿女都算成是她生的，知道这个秘密的人大多数都被他处死了，剩下的几个未来也将会为他陪葬。他亲自编撰的、他们的爱情故事将会被记载在史书上，万世传诵。

法老暂且忘却了尘世的烦恼，坐在寝殿深处，陷入了甜蜜的思绪。

然后，法老埃赫那吞走出房门，向寺人发布命令，让他们把自己的养子摩西找来，关于创世神阿吞的伟大，自己有一些新的领悟要告诉他。现在，摩西是唯一可以和自己说上几句话的人了。

公元 529 年

年迈的达马西乌斯放下芦苇笔，活动了一下僵硬的指头，从一堆字迹密密麻麻的羊皮纸卷上抬起头，看到自己的影子在身后炉火照耀下忽闪不定地在石墙上伸缩。每当他见到这一情景，都会想起柏拉图所说的洞穴。事实上，他最近正日夜不停地思考着这个问题。他正在撰写的这部《理想国》注疏也正好卡在了这个关节点上。有三年之久，每天他都要写下几千字的段落，然后又一一删去，最终一个字也没有写成。

达马西乌斯咳嗽了几声，雪白的长胡须剧烈地拂动着，他已经七十一岁了，身体日渐衰弱，不知道还能活上几年。现在，他最大的夙愿就是完成这部《理想国》的注疏。但他不知道自己是否还有足够的精力以及智识去完成它。他知道自己正面临思想和生命的绝境。但这不仅是他的绝境，也是整个文明世界的，他看得很清楚，自上古神话时代以来形成的文明之光，即将在这个风雨飘摇的时代熄灭……

一阵急促的脚步声从外面传来，随后是有人在惶急地敲门。敲门声很重，达马西乌斯有些诧异，学园中人人知道他的规矩，平常除了送饭的学生，没有人敢打扰他，而今天的饭已经送过了。他向桌子上望了一眼，那里的一盘面包、橄榄和熏肉还没吃几口呢。

“老师，是我，辛普里丘斯。”没等他发问，就听到一个惶急的声音说。

达马西乌斯知道，自己的得意门生辛普里丘斯是个稳重的学者，深夜到来，必有要事。“进来吧。”他说。

衣冠不整的辛普里丘斯推开沉重的木门，走进斗室，向他简单地行礼，然后开门见山地说：“老师，很冒昧打扰您的清修，不过事态紧急，我刚知道，陛下下达了命令，要求地方官关闭学园。”

“终于来了。”达马西乌斯想，却没有说话。辛普里丘斯以为他还不相信，继续说：“这是真的，我有很可靠的渠道。皇帝命令地方官遣散所有学生，并逮捕宣扬邪说的异教徒，信使正在从君士坦丁堡赶来，明天就会有大兵来查封这里了。”

“我知道，”老人点头，颤巍巍地说，“这些年来我早就有预感，这一天终究会到来，特别是查士丁尼继位以来，他可是个雷厉风行的人哪。好了，十字架宗教最终取得了胜利。”

五百年了，达马西乌斯想，自那个叫耶稣的犹太神棍在十字架上被钉死之后，他的古怪教义像野火一样，烧遍了整个罗马帝国内外，将古典文明烧成了灰烬。自从君士坦丁皇帝皈依后，帝国和宫廷抛弃了祖先的信仰和生活，也投身于十字架之下。古老的神庙被废弃，诸神被遗忘，野蛮人打进了帝国腹地……只有哲学家们还在坚持着用理性和论辩与来自亚洲的异教对抗。虽然贤明的尤利安皇帝复兴传统的努力夭折了，奥古斯丁的背叛令他们多了一个强悍的敌人，希帕提娅的被害亦是沉重的打击……但近百年来，哲学家们再度复兴了学园，他们在古老的雅典团结起来，讲授历久弥新的古典著作，教化万千渴慕真理的青年，从而也成为基督教会的眼中钉肉中刺。他们千方百计挑唆信奉基督的皇帝，要毁灭历史悠久的古学园……

“……所以，”辛普里丘斯的话让达马西乌斯从游散的思绪中回到现实，“我们必须赶紧离开。”

“离开？能去哪里？”达马西乌斯苦笑，“别忘了意大利已经是野蛮人的天下了。”

“我已经找到了一艘船，我们可以连夜上船，在犹太行省一带登陆，然后可以越过边界去美索不达米亚。据说那里的波斯国王礼贤下士，欢迎一切来自罗马的投诚者，我们可以在波斯首都安身。”

“波斯？哈哈！”达马西乌斯刻满皱纹的脸颊颤动着，发出一串干涩的笑声，“辛普里丘斯，你记得吗？差不多整整一千年前，希腊人在萨拉米斯之战中击败了波斯帝国，保卫自己的自由，希腊文明才能发扬光大，创造了伯里克利时代的光荣，才有了柏拉图、亚里士多德和我们的学园，而如今你让我们，古典文明最后的继承者，去东方投靠专制的波斯国王？这是何等的讽刺！”

“可是，至少那里没有狂热的基督徒。”达马西乌斯急切地说，“或许在那里，我们的文化还能传承下去。”

“不，不会有什么差别，反正这个世界要毁灭了。”达马西乌斯沉痛地说。

“什么？！”

“辛普里丘斯啊，”达马西乌斯凝视着渐渐暗淡的炉火说，“难道你没有察觉吗？我年轻时曾走遍了大半个帝国，从不列颠到埃及，从伊比里亚到小亚细亚，无论在哪里，文明的火种都在熄灭。匈人、哥特人和日耳曼蛮族从外部摧毁我们，十字架的信徒从内部动手。西部帝国已经在蛮族洗劫中覆灭，看来东部也撑不了多久了。古典的生活已被遗忘，如今不要说柏拉图的希腊语，就连能说西塞罗的古典拉丁语的都没有多少人了……普罗克洛斯带来的学园复兴曾是我们最后的希望，仅剩的几乎所有的自由学者都集中在这里，和信奉十字架的教会相抗衡，然而近几十年来也日渐凋零。这是不可逆转的命运，每一个文明都有盛衰，如同有日出就有日落。我们的文明已经覆灭，再有几十年，最多一两百年后，罗马也好，波斯也好，都将不复存在，世界将变成一片荒芜。”

“这……不可能吧？”辛普里丘斯诧异地张大了嘴。

“是你习焉不察，我的学生。我们的世界日复一日地沉入深渊。如果柏拉图或者修昔底德能够看到我们的生活，会毫不犹豫地把我们当成野蛮人，我们距离彻底灭亡只有一线之遥。并且文明的毁灭并不是稀奇的概念，柏拉图在《法篇》里就论述过了，如果你还记得的话。世界本身虽永恒，但我们记得的历史不过一两千年，可见之前必已有无数次的毁灭和再生。我曾经在埃及见过那些高大的金字塔和神庙，但那些神明已经被忘得一干二净，奇特的象形文字也无人能解读，古代埃及人的世界已经沉入历史的地平线，我们的世界也将紧随其后，一切只是时间问题。”

“但是老师，至高的太一，世界的精神是不灭的！”辛普里丘斯忍不住说，“正如先哲普罗提诺所说，太一流溢自身，化为世界万物，虽然万物生灭流转，但太一永恒不变！”

“是的，我也曾虔信普罗提诺的学说，但后来我越来越怀疑，或许这一切都是错误的，或许他没有理解柏拉图，或许柏拉图本人也错了。”

“您在说什么呀！”辛普里丘斯惊讶万分。

“你还没有忘记柏拉图的洞穴学说吧？”达马西乌斯如同在课堂上一样向自己的弟子提问。

“当然，”辛普里丘斯一时忘记了自己来的目的，而像往日一样沉入了哲学问答中，“人类生活在洞穴中，所见到的一切都是炉火照耀下的影子而已，而真正的阳光，也就是真理，凡人根本无从梦想……那真正的太阳，也就是至高的太一，只能通过哲学的心灵去认识。”

“你说的不错，”达马西乌斯说，“问题是我们怎么知道存在太阳？”

辛普里丘斯怔了一下：“因为……这一切是通过类比的原则，不是吗？我们认识到万物的理念，从而认识到真正永恒世界的存在。”

“看看这个房间，你想到了什么？”达马西乌斯温和地说。辛普里丘斯不禁向四壁望去，这座石屋是几十年前才搭建起来的，但用的石料都取自学园千年来因为各种原因被废弃的石块，有的或许是亚里士多德求学时倚靠过的伊奥尼亚石柱残躯，有的或许是西塞罗访问时坐过的石凳碎块。许多石头上都刻着字，这里刻着一段柏拉图的对话，那里刻着几句巴门尼德或普罗提诺的名言。在一块平整的青石上，辛普里丘斯看到了一行歪歪扭扭的希腊文：“吾爱柏拉图，吾更爱卡帕莉亚”，字迹斑驳，不知道是哪一个调皮的学生写的。谁是卡帕莉亚？大概是早就死了几百年的一个女子。辛普里丘斯沉思着老师的话，试图找出其中的奥义。

“您是说这是一个洞穴？”辛普里丘斯最后说，“就好像柏拉图说的洞穴一样，而外面是——是——”

“而我们不知道外面是什么，”达马西乌斯打断了他，“如果我们从未离开这个房间的话！我们不知道外面是否有太阳，甚至不知道是不是有‘外面’的存在。”

辛普里丘斯心中雪亮，哲人的对话不需要说得太具体，但他已经明白了老师的意思：如果人类一直生活在洞穴中，那么从逻辑上，我们根本无从得知外面的世界是什么样子的，也不知道是否真的有至高真理的存在。我们所以为看到的，无非是石头上刻着的这些字迹，这些过去的历史和文化所告诉我们的意见和教条而已。

这个世界，从头到尾就是一个巨大的洞穴。生活在其中的人们，没有离开的希望，在波斯也好，伊比利亚也好，都没有什么区别。

“所以你明白了，”老人苦笑着说，“我们的信仰或许不过是徒然，不过是和十字架崇拜者同样的狂信。什么太一，什么流溢，都只是一厢情愿的臆想。难道不是吗？如果这个世界真的有真理之光的照耀，又怎会一再陷入毁灭？我们辛辛苦苦继承的那些学说和真理同样相隔天壤。就让哲学和这个学园、这个世界一起归于毁灭吧！”

辛普里丘斯说不出话来，良久方说：“老师，这些艰深的东西，等我们上船以后再讨论吧，现在还是先——”

“我不会走的，”达马西乌斯微微摇头，“既然我们永远无法真正走出洞穴，又何必离开这里？你走吧，就让我这个风烛残年的老人在这个洞穴里默默死去好了。”

辛普里丘斯不知如何是好，外面传来了呼叫声，有人喊他的名字，似乎还有大堆事务要他决断。他犹豫了一下：“老师，抱歉，我还得处理其他的事，回头再找你。”

他再度行礼后，退出了房间。外面是一片平整的草坪，近处是学园的主体建筑，远处的山丘上可以看到雅典卫城的废墟，更上面是繁星密布的星空。这本来辽阔的世界忽然仿佛变成了一个巨大的洞穴，让他透不过气来。

洞穴，辛普里丘斯想，这不仅仅是一个比喻。诸天围绕大地转动如同屋顶和墙壁，最高的天是恒星天，比太阳还要高，缀满恒星的天球萦绕大地，但谁知道外面的是什么？即使恒星天距离大地有十万希腊里之遥，也仍然是有限的距离，但从理论上来说在外面的，却可以是无限！那里究竟是什么？

或许唯有黑暗的空间，也或许是无法企及的真理的大海。但我们一无所知，我们生活在宇宙洞穴的底层……

辛普里丘斯思索着，忽然心中一个念头闪过，返身冲回了房间：“老师！”

“不用劝了。”达马西乌斯疲惫地说，“我不会走的。”

“但是老师，您说的不对，”辛普里丘斯大胆地说，“至少我们知道了一条真正的、无可辩驳的真理！”

“哦，是什么？”

“正是我们在洞穴中！”辛普里丘斯大声说，“我们和真理相隔绝。我们不知道什么是真理，但是我们知道自己的无知，老师，至少我们可以把这些思考传承下去，或许当世界再一次文明复兴，未来的人们会找到通向真理的途径！”

老人罕见地变了颜色，他皱眉思索着，过了许久，终于点了点头：“你是对的，辛普里丘斯。千年学园并非全然无稽，我们至少知道了一点点真理，虽然自柏拉图以来社会从无进步……但让我们把这些思考传承下去，或许下一个文明时代的人们，他们会有更好的运气，不必重蹈这个世界的覆辙。”

“所以老师……您的意思是……”

“走吧，”达马西乌斯支起颤巍巍的身体，“让我们去波斯，叫学生和仆人们把这里的羊皮纸书带上，对于未来的世界，它们比我们的性命还要珍贵呢。”

公元 1970 年

已经是深夜了，整幢宿舍楼的灯已基本熄灭，人们进入了梦乡，只有一个房间还在从窗户纸底下透出一点微光。

那是一个只有六七平方米的小房间，没有椅子，床对面就是一张书桌，旁边有一个简陋的衣柜，只剩下了半边门。房间里几乎没有下脚的地方。桌子上堆满了高高好几摞的稿纸，几本书摆在中间，天花板上吊着一个四十瓦的小灯泡，昏黄的灯光由于实在太暗，不像是光线，倒像迷雾一样弥漫在房间里，好在房间实在太小，不至于完全看不清。

一个三十多岁的男人，蓬头垢面，胡子拉碴，戴着厚厚的眼镜，坐在桌前，在一张纸上奋笔疾书着，眼睛里都是血丝。灯光在他身后投下深深的影子，如同监牢中干苦差事的犯人。

但比起外面混乱而疯狂的世界，他觉得自己已经是在天堂里。

轰轰烈烈的“无产阶级文化大革命”已经进行好几年了，他被批斗过，也被关过牛棚，前一阵子才被放回研究所。单位里也是一盘散沙，领导被下放，工宣队进驻，谁谁自杀了，谁谁又被判刑……革命到这个程度，他的事已经不算是个事了，他难得享受了几天的清闲。但是单位还是不如自己的狗窝，随时要搞政治学习，早请示晚汇报。他一来到这种场合就如坐针毡，总是设法溜回自己的小房间里才感到踏实，特别是在这样的深夜。他知道直到天亮，不会有人上来打扰，这难得而宝贵时间简直太美好了。

他在纸上拼命写着，数字、符号、公式、算法……在他脑海中如大漩涡一样疯狂地旋转着。但在表面的混乱下隐藏着简洁优美的结构，他似乎已经看到了一点儿若隐若现的曙光……

除了他自己，没有人知道他已经达到了怎样的高度，比起几年前的发现，如今他又更上了一层楼，他知道自己离峰巅只差一步，只要登上了峰顶，整个大地就可以一览无余。有人会相信吗？在这个狭小的房间里，他这个其貌不扬的书呆子会成为世界之王？

但千真万确，这里是他的世界，他的宇宙。他什么也不需要，不需要革命和政治学习，不需要空气和食物，甚至不需要时间和空间！他所需要的只是数字，最抽象的数字，一个质数，两个质数，它们在他脑海中缠绕嬉戏着，像电子和质子一样结合起来，组成分子或晶体结构，再形成一层层复杂的化合物，最后变成整个世界！毕达哥拉斯是对的！世界，是由数字组成的……

而他已经把整个世界踏在了脚下，用一支笔，他把世界一层层轻轻划掉，这是他发明的“筛法”，让世界化整为零，归于寂灭。无尽的数字消失了，世界也沉入了黑暗。面前只有高耸的珠穆朗玛峰顶，只要上去，登到顶峰，就可以飞起来，飞到天上，翱翔在空灵的数的天国之中……

但是……

他不住移动的笔头忽然停下来，盯着面前写得密密麻麻的稿纸，心中一沉。就差最后一步，但他再一次卡住了。他还没有算到最后，但是他从心里知道，和之前的千百次尝试一样，他已经失败了。在他面前出现了一座悬崖，上面写着大大的“此路不通”。

黑沉沉的现实又压了上来。

他懊恼地扔下笔，将稿纸揉成一团，扔进了废纸篓，颓然倒在床上。我就知道，他想，不可能那么顺利的，这个方法有内在的缺陷，虽然我已经走得那么远，仿佛一伸手就可以摘下那颗明珠，却无法再进一步。今晚那么多个小时，又是白费功夫。

但即使这样，即使一辈子都这样失败，也是幸福的。他想，在这个房间里，做自己爱做的事，全心全意，远离尘嚣……他脑子里忽然冒出中学时学过的两句古文，“文王拘而演周易，仲尼厄而作春秋”，那些不朽的作品，或许许多都是在这样的房间里写出来的吧？

再小的房间，也是人类生存所必需的。它能为你遮风挡雨，让你有一处地方栖身，躲避外面的喧嚣和血腥。同时，对于那些在心灵世界探索的人，它更会提供无垠世界的入口。特别对于数学家来说，他只需要一支笔，一张纸，就可以驰骋在比宇宙还要宽广的无限之境中。

当然，如果有计算机更好，不过那是过于奢侈的梦了。他在研究所里见过一两次计算机，但不知道怎么用，当然也没有使用权限。他想象着也许有一天自己能有一台计算机，只需要输入几行字，计算机就会自动出来自己算几天才能得到的结果，他想着想着呵呵傻笑了起来。

一阵倦意袭来，他闭上了眼睛，进入梦乡。在梦里，仿佛身处深夜，他走在一片神秘的旷野中。一台像大厦一样的巨型计算机伫立在他面前，他抬起头，只看到夜空中明亮的繁星，却怎么望也望不到计算机的顶端，它如同一根巨大的柱子，支撑在天地间，支撑着整个宇宙。不知怎么，他知道那台计算机能够听懂他的问题，他大声问它：

“是否每一个大于 2 的偶数，都可以表示为两个质数之和？”

计算机上的一排信号灯亮了，庞大的机体嗡嗡运转了起来，并没有从输出槽中吐出打孔的长长纸带。但他忽然发现，天上的星星渐渐开始了移动。它们缓慢地离开了原来的位置，在夜空游荡着，渐渐组成他熟悉的数字和符号。

他明白了，宇宙就是那台计算机，一切答案，早已存在于宇宙之中。

旷野不见了，他腾飞在星海之上，星潮涌起，眼花缭乱的数学公式扑面而来，又转眼拆散，重组……在他眼中，那不只是数字和符号，在数字的背后，一个清晰的结构浮现出来，那是宇宙本身的结构，庄严、完美、精妙绝伦，天啊，怎么会是这样？这种思路简直太奇妙了，我可从来没想——

他蓦然惊醒了过来，当然，还在自己的小房间里，房里的灯光还亮着。刚才只是一个梦，又仿佛不只是一个梦。

他定了定神，脑子里的印象还记忆犹新，他明白了那是什么，他一直在寻找的终极解法！不，远不是一个解法，而是数学最基本的奥秘。他忙坐起来，趴在桌子上，随便抽了张纸腾腾写了起来。他知道必须要快，几乎每过一秒，头脑中的印象就会淡化一点儿。没时间全写下来了，只有记住几个思路中的要点，其他的以后再推算。但他凭着一个数学家的直觉知道，这将是一个正确的方向。它不仅能解决一个基本数论问题，还会带来数学乃至整个科学体系的根本性变革……

他刚写了半行字，一阵重重的脚步声从楼道里传来。他蓦然紧张了起来，虽然知道多半和自己无关，但总不免感到杯弓蛇影。不，和我没有任何关系，他对自己说，这个世界上的一切都和我无关，不能分心，快写下去，比起我笔下的算式来，世上的一切都微不足道……

可是他错了，脚步恰恰是冲着他而来。

“开门！开门！”有人在用力砸门，声音嘈杂。

他惘然打开了门，两个穿绿军装的粗豪汉子打着手电，站在门口，他认出来，是最近进驻研究所的工宣队，前面一个高个子劈头盖脸地问：“陈景润，深更半夜你不睡觉，开着灯在干什么？”

“我……”他一下子蒙了。

“老实交代，是不是在收听敌台！”

“这……这从何说起，”他总算回过神来，“您看，我房间里连个收音机都没有。”

对方一把推开他，走进狭窄的房间，蓦然多了两个人，房间里顿时挤得满满的。来人提着手电，用锐利的目光搜索了一遍，寻找一切可疑的证据，最后拿起桌上他正在写的手稿，皱起了眉头：“这是什么？”

“这是……那个证明……我的研究……”他结结巴巴地说。

“什么研究？还是那个什么 1+2？”

“那个已经证出来了，现在是证 1+1……”他试图解释，却怎么也说不清楚。

“什么 1+1，1+2，无稽之谈！”对方厉声说，“1+1 也要证明？不就是等于 2 吗？陈景润，我看你是死性不改啊！”

“不，我这也是为科学……毛主席教导我们说：‘知识就是力量……’”

“胡说，”对方反问，“毛主席什么时候说过这话？”

“我……”他刚想起来，那是英国人培根的名言，“我记错了，不过毛主席也说过——”

“好哇，陈景润，你心里怀着对党和人民的不满，居然公然伪造毛主席语录！”对方极为敏锐地抓住了重点。

“我没有啊！”他知道这个罪名可大可小，弄不好自己就得进监狱了，惊得冷汗涔涔，“我真的只是搞研究……这是国际学术界公认的……”

“住口！”对方吼了一声，“什么学术界？什么国际？炫耀你有海外关系？现在还敢摆学术权威的臭架子？人民群众的眼睛是雪亮的！”

“是，我忏悔……”他知道怎么辩解也没用，只好唯唯诺诺，说什么都应下来再说。

对方又训了半天话，看他终于老老实实一声不吭了，还算满意地点点头：“嗯，你的问题，我会跟革委会报告的，你过几天作个深刻的检查，把自己思想深处的臭毛病好好挖一挖！对了小张，把这个白专的灯泡拿走！我们楼下打扑——那个工作要用。”

他身后的汉子答应了一声，就要去拆灯泡。他急了：“不，你们不能——”

“什么？”对方眼珠一瞪，他剩下的半截话又咽了回去。

小张的一双脏鞋踩在他的床上，把灯泡拆了下来，房间里只剩下了手电的光。

“走！”两位无产阶级干将雄赳赳气昂昂地出了门，手电光消失了，房间沉浸在一片黑暗中。

等那两个不速之客走后，他马上到柜子里去摸索着备用的蜡烛，花了半天才找到，又不知道火柴放在哪里了，等到最后点上又过了十几分钟。借着蜡烛的微光，他想继续写下去，却惊恐地发现，经过一番折腾，刚才的灵感已经无影无踪。

他在脑海中搜索了半天，也只有一点点微弱的印象，但那不是灵感本身，只是灵感带给他的美妙感觉，甚至即使这种感觉，也像清晨的露水一样很快消失不见。

陈景润绝望地写了很久，试图唤回自己的灵感，可一直毫无头绪，最后连自己都不知道自己在写什么，不得不搁下笔，躺在床上，祈祷灵感能再次降临。

但它再也没有回来，他隐隐知道，或许在他的一生中，它再也不会回来。

蜡烛燃到了尽头，无声无息地熄灭，房间又被黑暗笼罩。

公元 2067 年

马修推开门，走出旅游中心，发现自己站在一块高地上，整座城市在他脚下伸展开来，直抵远处青葱的山麓。

这里不是他想象中那种热带丛林间分布着低矮木屋的小镇，而是一座座高楼大厦林立、由四通八达的立交桥连接起来的大都市，马修倒是没想到，在非洲腹地、在大森林深处，还有这样现代化的城市，粗略一看和美国也没有多大差别，但高楼间仍有大片黑压压的简陋贫民窟，提醒他这里仍是落后的第三世界。

当然，还有四起的黑色烟柱和几座崩塌的高楼，以及零零散散的火光和枪炮声，标志着这座曾经繁华的城市正在被战火所摧残。

马修从高地下来，好奇地沿着一条街道走下去。战争中，绝大多数居民已经逃难走了，几乎看不到人，这条街本身倒是没有遭到很大的破坏，道路两旁种着高大的芭蕉树，充满热带风情。

马修一边看，一边用“摄影眼”拍照。路边的建筑上，除了法语和当地语言外，还有许多方块字的招牌，当然马修一个字也看不懂，不过这让他想起了本市的唐人街以及他最爱吃的中餐馆，他决定晚上叫一份宫保鸡丁来吃……

当然，中国人在这里不只是开餐馆和洗衣店，从那些带有英法文的招牌来看，他们垄断了这座城市的行行业业：建筑、机械、电子、金融、服装、食品、甚至教育……事实上，马修知道，这座城市的繁荣，也主要得益于中国的公司和商人。

华盛顿的那些政客果然没说错，马修想，在21世纪上半叶的几十年中，中国的手已经伸得太长，渗透了到了非洲的每个毛孔，几乎把非洲大陆变成了他们的后院，我们必须阻止中国，否则我们不会拥有未来，西方不会拥有未来。

好在合众国已经开始了行动……

马修漫不经心地想着，忽然一滩黑乎乎的东西映入眼帘，上面有一堆苍蝇嗡嗡盘旋着。他看了良久才看出来，那是一具尸体！他穿着政府军的黄色军服，身体侧卧着，已经开始腐烂，肠子和其他内脏从破烂的肚子里流出来，惨不忍睹。

马修打了个寒战，这就是战争，他想，残酷的战争，已经有两个世纪没有降临美国本土。

刚果共和国的内战已经持续了一年多，这场战争表面上看是上一次刚果战争的延续，但实际牵涉到中美两国的争霸。这回，亲华势力在大选中获胜，上台组阁，但很快，反对派指责胜选一方选举舞弊，宣布退出联合政府，并在全国范围内发动游行示威，很快演变成暴动，军警弹压时打死了几个人，西方媒体大肆渲染，很快变成了一场“人道主义危机”。不久，在西方或明或暗的支持下，东部叛军的武装死灰复燃，在源源不断的先进武器帮助下攻城略地，占领了这个国家的半壁山河。

而这座城市，就是这次战争中双方争夺的关键据点之一。不过今天，主要的战争已经结束，只有残余的敌对势力还在反抗。

马修对着尸体拍了好几张照片，然后立刻上传到推特：“嘿，快看，我在刚果战场！”

路边的尸体渐渐多了起来，有穿着对立双方军服的，也有明显的平民，大都血肉模糊，死状可怖。还有几辆被击毁的坦克和运输车，显示出这里不久前才发生过激烈的战斗。路边甚至有几条棕黄色的鬣狗啃食着尸肉。

这未免太离谱了，马修想，难道反对派武装不收拾尸体吗，就让这些野兽糟蹋？他打开声音模拟器，发出一声响亮的枪声，鬣狗们听到后，“呜呜”叫着，一哄而散。

马修抽空瞅了一眼推特，没人搭理他，他略感扫兴。不过在今天这个网络极度发达的时代，要找到引起人们关注的兴趣点是越来越难了。刚果战争对于文明世界来说，不过是一场边缘的战事，还不如德国最近培养的会说话的转基因猫更惹人关注。

马修已经没有拍这具被鬣狗啃过的尸体的兴趣了，他刚要走开，尸体忽然动了一下。马修吓得退了一步。

这是错觉吧？

但尸体又动了一下，非常轻微，但很明显动的是尸体本身。

马修汗毛直竖。究竟是怎么回事？难道是传说中的僵尸？

不，不可能。或许这人还没死，或许……不管怎么说，他伤害不了我分毫，我随时可以离开这里……

马修想着，上前几步，这回他看清楚了，是尸体下面有个什么东西在动。他轻轻拖开尸首，看到一个衣衫褴褛的黑人女孩，大而发亮的眼睛惊恐地盯着他，大概只有三四岁。

“你是谁？”原来这就是那些鬣狗围着尸体的原因，马修想，问道，“怎么会在这里？”

女孩更加瑟瑟发抖起来，嘴巴一扁，像要哭泣。

“嘿，你别怕，”马修笨嘴拙舌地试图安慰她，“你别看我长得和你不一样，其实我也是人……我是……美国游客，你知道吗？美国……算了……你不知道……”他沮丧地摇摇头，女孩看来根本不懂英语。

但女孩好像也发现他没有恶意，恐惧渐去，她细声细气地说：

“pa-pa，pa-pa”，指了指地下的尸体，又比画了几个手势，马修忽然明白了：“你是说，他是你的爸爸？”

女孩推了推地下的尸体，泪眼汪汪地看着马修，马修明白了她的意思，不由一阵鼻酸：“对不起，孩子，你爸爸已经……我也不能把他叫醒……上帝啊，你的腿！”

他这才看到女孩的一条腿，已经血肉模糊。他明白了，应该是在一次爆炸中，女孩的父亲将女儿扑倒在地，自己被炸死，而女孩也有一条腿被炸伤了，所以她只有蜷缩在父亲死去的尸体下面，躲避鬣狗的啃食，没有人来救她。

“你要去医院！”马修说，“现在就去！可是，医院……医院是在……”他一时犯了难，他怎么知道医院在哪里？他打开主控电脑的地图功能，在眼前的虚拟界面上查询医院的位置，倒是找到几处，但在战争中估计早就关门了。

“嘿，你，你是什么人，举起手，站起来！”从马修背后传来一声呼喝，典型的美国南方口音，马修用后视眼看到，那是三个一身墨绿色、全副武装的特种士兵，但既不是政府军的也不是反政府武装的，他想起关于那些保安公司的传说。据说在战争中，反对派的叛军根本不堪一击，真正的顶梁柱，是一批隶属于某些秘密保安公司的特种部队，而这些公司背后真正的主宰是美国中情局和军方……

马修知道是自己刚才发出的枪声把他们招来的，他站起身来，对他们说：“别误会，我是美国游客。”

“游客？现在这个国家可不开放旅游，你还是个小屁孩吧？瞒着家里偷偷跑来的？”

“听着，”马修压抑着怒火说，“现在不是说这个的时候，这个孩子伤得很重，你们必须救救她，把她送到医院去！”

“你他妈胡扯什么呢？以为我是特蕾莎修女吗？滚回你妈怀里去吃奶吧！”一个大兵骂道，众人哄笑了起来。

“嘿！”马修说，“听着，我不懂军事法，但我敢肯定，你们有义务救助这个孩子，如果你们不去做的话，我会向媒体披露这件事。”

大兵们沉默了片刻，马修听到他们交头接耳起来：“别理这小子，我们还有事情要办，赶紧把他们处理掉……”

“最好别惹麻烦，上次罗伯的事，上头好不容易才遮掩过去……”

尖锐的入侵警报忽然在马修的耳边响了起来，提示有人正在解除他的远程感应服。该死！不是现在，不是在这里！马修徒劳地挣扎着：“你们……必须……我说……”在他们诧异的注视下，他缓缓倒了下去。

一阵晕眩过后，马修发现自己躺在费城自己家的房间里，身上的VR装备被解了下来，母亲怒气冲冲地站在他面前：“叫了你多少次，下楼吃饭！”

“妈！我有非常重要的事情！十万火急，回头再说！”马修几乎要疯了。

“有什么重要的事？每天就上网干这些乱七八糟的……这些是什么？”

“我跟你说过了，别进我的房间！我已经二十五岁了！”

马修大吼大叫，粗暴地把母亲推了出去，还听到母亲絮絮叨叨地说：“二十五岁了，大学毕业都好几年了，也不好好找个工作，每天就待在家里玩儿这些活见鬼的虚拟游戏……”

马修不去理她，心急如焚地反锁上了门，回到躺椅上，重新穿上VR装备，戴上头罩，大西洋另一边的数据又源源不断地传来。

马修发现自己的临时身体倒在刚才的路边，他挣扎着爬起来，发现一条胳膊已经被打飞了，腿上和身上也多处中弹，好在没有伤到要

害，还能走动。向道路尽头看去，依稀还能看到那几个雇佣兵远去的背影。

但那个女孩呢？她在哪里？

马修转了一圈，很快再次看到了那个女孩。她躺在一片血泊中，眼睛还是睁得大大的，鲜血正在从她刚刚被撕扯成两半的残躯里涌出来，染红了肮脏的地面。

马修气得发抖，这些王八蛋，就那么几分钟时间，他们居然用这么残忍的方法杀了她，这是对人道主义的公然践踏！他要告发他们！要让全世界都知道这些畜生的暴行！

但他很快冷静下来。不，这太难了。那些冷血杀手名义上和美国政府没有任何关系，甚至和美国也没有任何关系。他们和自己目前使用的身体一样，属于某个保安公司的人形机装置，真正的操纵者可以在世界任何一个地方。只不过一个军用，一个民用。当然，这些家伙十有八九是退役的美国老兵，没有他们，叛军不可能进展得如此顺利。但他毫无证据。他甚至没有拍下他们行凶的过程。当连接中断后，他的临时身体就自动处于休眠状态。

甚至这会给他自己招来麻烦，谁知道那个女孩是怎么死的？理论上也可能是他杀的。并且他进入这个国家也是非法的。自从战争爆发后，通过远程操纵的人形机进行旅游的官方业务就中止了，以防有人用作间谍、侦察等用途。他是偶尔在一个小论坛上看到网友推荐，动了一睹战场的念头，才设法找到那个遮遮掩掩的商人，愿意以每小时一千美元的价格让他使用这部人形机，结果却闹成了这样，机器毁损得不成样子，还死了一个孩子。他怎么能证明，这不是他自己出于某种变态欲望干的好事？

但马修还是忍不下这口气，他拨打了那个商人的网络电话，简略地告诉他情况。

“算我倒霉！”对方唉声叹气说，“这件事你千万别闹大了，否则对我也没好处，这些机器是我们公司的，我只是趁没人管私下出租，想赚点儿小钱养活老婆孩子，如果你告发的话，我的事也得抖出来。”

“可是他们杀了人！那个女孩……”

“在我们的国家，同样的事情每天都在发生几百几千起，”商人闷声说，“这就是战争！这回你看到了……好了，损坏的机器我自认倒霉，也不用你赔，事情到此为止，好吗？”

马修握紧了拳头，很想打人发泄，却无可奈何。

马修下楼吃饭的时候，心里还想着那个女孩，他很难过。母亲的唠叨他也无心反驳。直到吃饭的时候，耳机忽然提示他，他接收到了一封新的声音邮件。

“嘿，伙计，”是他的死党肖恩，“好消息，我在网上碰到几个女孩，她们说今晚要去艾尔斯石上开 party，你知道艾尔斯石吗？她们说那是奥地利沙漠里的一块什么石头……你说什么？澳大利亚？管它在哪呢，我约了和她们一起。这回可以好好玩儿了。”

马修不禁笑了起来，母亲看了他一眼：“你笑什么？”

“没什么。”马修说，在冰箱里拿了一罐啤酒，惬意地喝了起来。有了远程感应服和人形机真好，你足不出户，就可以去世界上任何地方，做任何事情，有时候闲了闷了，就去伦敦喂鸽子，或者去澳洲泡妞，晚上还能准点下楼吃饭，这才叫生活！以前的那些可怜家伙，他们是怎么活的啊？

正如之前的无数异国经历一样，非洲的那座城市和那个死去的女孩，马修早已抛诸脑后。在这个伟大的时代，长时间想着一件不愉快的事情，可不是一种很好的生活状态啊。

公元 2109 年

“曾经有一份真诚的爱情摆在我的面前，可是我没有珍惜，直到失去后才追悔莫及。人世间最痛苦的事莫过于此……”

电脑荧屏上，脖子上架着剑的至尊宝泪光莹莹地对紫霞仙子说。电脑前，林克目光呆滞地看着，跟着屏幕上的对话喃喃念道：“……如果上天能够给我一个再来一次的机会，我会对那个女孩说三个字：我爱你。如果要给这份爱加上一个期限，我希望是——一万年。”

紫霞感动地扔下了宝剑，泣不成声，林克也动容地擦了擦眼角，就在这时，电脑上的图像消失了。

林克不满地嘟囔起来：“露娜，你在干什么？”

一个柔美却毫无感情的女音从上方传来：“您已经连续看了四个小时了，通过您体内的微型监测仪，我发现您的身体状况已经处于亚健康水平，之前我已经两次提醒您无效，因此按照基地管理章程第二十五条第三款，我强制关闭了视频。”

“你就是一个破电脑程序，谁给你的这个权力！”林克不满地抱怨说。

“作为本基地的主控电脑，根据章程规定，除了站长之外，我的权力凌驾于任何个人之上，”电脑说，“包括副站长，也就是您。”

“他们都死了，”林克无力地说，“只剩下了你和我，我就是站长，你就不能听我的吗？”

“但是您没有得到上级的任命，按照规定……”

“上级个头！”林克终于爆发了，“你呼叫总部会有人答应吗？

这都多少天了！他们全死了，整个地球都完蛋了，哪里还有什么上级！也许我是全世界唯一还活着的人！”

“的确有这种可能。”露娜平静地说。

“所以你应该听我的！”

“但是章程里没有这个规定，并且，如果您是最后一个活着的人类，那么您更应该重视自己的健康。”

林克狂笑了起来：“有意义吗？珍视自己，为了什么？等外星人来救我？还是你能变成一个活人？”

“一切生物都有延续自己生命的本能。”

“可是人类作为一个物种却没有，”林克苦涩地说，“要不然，也不会有那一场战争了……”

是的，那场战争，林克想。中美两大霸权，乃至东方和西方两大军事集团，在三十年的冷战后，最后的激烈碰撞，迸发出了壮丽的火花，不，这是一场遍及整个地球的大焰火，终极核战之火。四十八小时内，超过两万枚核弹——包括少量反物质导弹——在世界上八千个大小城市相继爆炸，几乎所有国家的政治经济军事中心都被摧毁，林克他们顿时与世隔绝，甚至不知道是否有人存活了下来。

但对于大部分人来说，即使熬过了第一波核攻击，也会死在核爆炸带来的辐射尘和次级污染中，更不用说接下去对全球气候的毁灭性影响，没有作物能够生长，只有最坚韧的生命才可能活下来。如今，那场战争已经过去了整整一年，外面却仍然一片寂静。

当然，林克不知道外部世界发生了什么，部分原因是露娜根本不让他离开基地——更确切地说，是这个房间。

林克无神地向周围看去，这是一个大约十平方米的房间，天花板矮得一伸手就可以摸到。墙壁上遍布按钮、电线和控制板，有两个明显的孔洞：食物输入孔和排泄物输出孔。房中散乱地堆放着一些仪器和电脑，没有床，只有一个脏兮兮的睡袋。

在过去的一年中，林克就是在这个狭小肮脏的房间度过的，唯一的活动范围就是这十平方米，唯一的娱乐就是看老电影或者玩低智游戏，唯一的同伴就是不近人情的人工智能体露娜。

“为了让我活得好一点儿，至少你也得多开放两个舱室吧？”林克对露娜哀恳说，“我在这鬼地方实在待得烦透了！连走两步都不行！不看影片还能干吗？光《大话西游》我就看了不下十遍了！”

“您应该很清楚，”露娜回答说，“自从去年的泄漏事故后，四块太阳能电板损坏了两块，我必须节省电力，目前基地内的生命维持系统只够这一个房间的，如果再开放其他房间，系统有崩溃的危险。”

是啊，那场事故，林克想，他知道那不是一般的事故，是战争爆发后一个受不了刺激的研究员发了疯，进行歇斯底里的大破坏。研究员本人和另外两个试图阻止他的成员一起死于那场事故，林克的最后一个人类同伴也在一个月后伤重不治而死。

“至少你应该让我出去。”林克说，“我有权利出去！”

“外面有很强的射线，危险系数很高，”露娜说，“长时间暴露可能对您的身体造成不利影响。并且你知道，章程最重要的规定是，基地本身绝不能处于无人状态。除非有站长或上级的命令，否则我无权放你离开基地。”

“又绕回来了，”林克哭笑不得，“简直是‘第二十二条军规’。你还不明白吗？除了我，不会再有人给你下命令了！这种日子我还要熬到什么时候？”

“您今年三十五岁，”露娜将此当成一个问题严肃地回答，“按照现代人的正常寿命，还能活七十年以上，即使考虑到目前生存条件的恶劣，至少也能活五十年。至于我，如果太阳能电板不出问题并且注意保养的话，我还能正常工作一百二十万个小时，也就是一百三十六年，足够让您度完余生了。”

“哟，那我可真得谢谢你了。”林克讥讽说。

“不用谢，这是我应该做的。”露娜说，“也许这是我能够为人类做的最后一件事，你们人类叫作送终吧？”

“也许你还可以为我做一件事。”

“愿意效劳，请问是什么事？”

“从电脑里滚出来让我揍一顿。”林克恶狠狠地骂道。

“这我做不到，”露娜平静说，未受丝毫打击，“不过我的资料库里也储存了一些相关动作影片，或许能够安抚您的情绪——”

“少废话，”林克吼道，“我要出去，告诉我怎么才能出去！”

露娜罕见地沉默了片刻，似乎在思索。

“露娜？”林克又燃起了希望，难道真的有什么路子？

“我在重新检查各功能单元的数据……”露娜说，“现在有一个好消息，如果从宽泛意义上理解‘出去’的话，您可以使用三号人形机获得外部体验。”

“不是所有的人形机都毁了吗？”

“不，刚刚接收到三号机的数据，”露娜说，“它还在一千千米外的南极地区，在联络中断了九个月后，看来它的自我修复功能终于起作用了，至少暂时它能够正常使用，您想要远程操控它吗？如果——”

“那还用说！”

露娜还没有说完，林克已经急不可耐地套上了远程感应服。

一片黑暗中，群星渐渐出现了，璀璨的、静谧的、永恒的群星，皎洁的银河在他头顶无声地流淌着。

林克发现自己呈大字形躺在地上，身体半埋在灰尘里，他站了起

来，灰尘无声无息地落下。他发现自己是在一道山岭的顶上，他看到自己脚下，暗灰色的山脉起起伏伏，伸向远方微呈弧形的地平线，他知道基地和他的本体就在那些山脉深处。眼前的千沟万壑除了石头就是灰尘，一片死寂，如同沉浸在没有时间的深渊中，没有半点儿生命的迹象，甚至没有一丝风。

而在他的背后，是一个巨大的谷地，与其说是山谷，倒不如说是一个大坑，勉强可以看出圆形。它的直径至少有十公里，高达3000米左右，整座山丘事实上都是坑洞隆起边缘的一部分。仿佛曾有一颗大得不可思议的核弹在大地的中间炸开，才炸出了这样的结构。而远处，还隐隐可见许多类似的山谷，层层叠叠，满目疮痍，好像是远古诸神之战的遗迹。林克忽然有一种错觉，仿佛战争不是在一年前，而是在十亿年前已经结束了一样。

林克向天上望去，乳白色的银河横亘天空，在天顶一带的是古老的南船座，南极老人星正熠熠发光，下面是小却清晰可辨的南十字座，四颗亮星肃穆地从银河的背景中浮现出来。再下面是半人马座，明亮的南门二悬挂在四光年外。现在，宇宙中最近的星星也遥不可及，像是嘲弄着人类的一切征服宇宙的僭越梦想。

然后，林克在半人马座的左下方看到了那东西，在远离银河的地方，几乎就在地平线正上方，如同刚刚升起或即将落下。但林克知道，除了周期性的天体运动，它的位置几乎永远也不会改变。

那是一个怪异的球体，大致呈灰白色，还带着黑色的斑点，在阳光下反射着耀眼的光芒，如同一轮满月，但比月亮要大好几倍，也要更亮。它在暗黑色的大地上清晰地照出了林克的影子。但林克知道，它当然不会是月球。

因为月球就在他的脚下，就是那沉寂的、死亡的古战场。

他看到的是地球，至少曾经是。

只是它已经几乎没有了蔚蓝色，变成了一个灰白色的球体。林克知道那是什么，是悬浮在大气中的辐射尘，在核爆炸和大面积燃烧后形成的烟雾颗粒，是曾经的人类城市以及亿万人和动物的身体，如今它们已涅槃物化，变成了一层厚厚的烟尘，在高温作用下升腾进入了平流层，被大气环流带到了地球上空除两极外的每一个角落，如同给地球裹上了一层厚重的棉衣。

当然，这层棉衣绝不可能保暖，相反，明亮的反光表明它屏蔽了绝大部分阳光，让地表长时间被死亡的黑暗笼罩，至少会持续十年，也许会有半个世纪之久。地球生物圈将自己和唯一的热量来源隔绝开来。绝大部分剩下的人和动植物都会因此死去，这将是自6500万年前小行星撞击地球以来最大的一次物种灭绝事件，而原因也将与之前那次类似。

林克呆呆看着，在那个地平线上悬浮的球体上，已经没有了任何生命的色彩，没有绿色，没有蓝色，甚至没有象征人类战争的红色。它似乎变得和脚下的月球并无二致。那个他熟悉的地球已经消失了，变成了第二个月球。而月球，和宇宙中任何一个地方——比如水星或者冥王星——都没有本质区别。

没有了人的世界，只剩下宇宙：无边无际的、空洞的、冷漠的宇宙。

一股突如其来的恐惧和绝望抓住了林克，他无法忍受再在这个无人的寂灭的宇宙中再待片刻，他切断了和人形机的连线，让自己的意识回到了基地中。狭小的房间和周围机器的嗡嗡声都显得无比亲切。

“欢迎回到月球基地。”露娜说。

“我要看电影，”林克深深吸了口气说，“快点，让我回到有人的世界。”

这回露娜没有反对，百年前的周星驰和朱茵再次出现在荧屏上，演绎一场场悲欢离合，直到最后又回到了盘丝洞里，五百年间，惘然若梦。也许这一切不过是一个洞穴中猴子的梦。

人类是穴居动物，林克自嘲地想，从最早的原始人，不，最早的哺乳动物祖先起就是这样，即使树上的猴子，也不过是住在另一个树叶、树枝和树冠组成的洞穴里而已。人类建筑了房屋、城市、国家，本质上无非是洞穴的变形。一切战争，其实和蚂蚁打架一样，只是为了争夺藏身的洞穴。即使探索太空的雄心，最终也不过是在月球上挖了一个洞躲进来而已……

我们是柏拉图说的洞穴人，永远无法离开洞穴生活，看到阳光的光明灿烂，一切文明、科学、技术，只是为了更好地生活在洞穴里，最后也只能在洞穴中死去、腐烂。

林克漫想着、苦笑着、叹息着，不知什么时候合上了眼睛，沉沉睡去。

他做了一个梦，梦见人类长出了翅膀，飞向整个宇宙，飞向每一颗星星，将生命的种子播撒四方，征服了星空中那些他见所未见的世界……

那是人类这个种族最后一次做这样的梦。

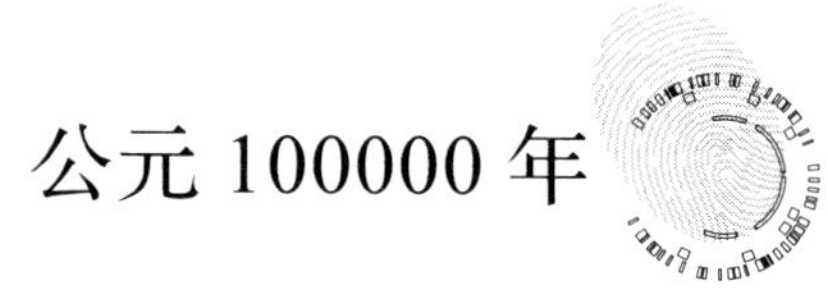

公元 100000 年

“一、任何一个物体在不受外力或受平衡力的作用时，总是保持静止状态或匀速直线运动状态，直到有作用在它上面的外力迫使它改变这种状态为止……”

“二、物体的加速度跟物体所受的合外力成正比，跟物体的质量成反比，加速度的方向跟合外力的方向相同……”

“三、两个物体之间的作用力和反作用力，在同一直线上，大小相等，方向相反……”

深夜，阿树躺在岩洞深处，远离温暖的火堆，身上只有几把干草蔽体，冷得无法入眠，只有默默背诵着古老的咒文给自己催眠。当然，不光是冷，也有对新环境的陌生，毕竟这是他们第一天住进这个山洞。

阿树的部族从原来的河谷迁徙到这片森林已经半个多月了，在没有合适洞穴居住的日子里，他们之中冻死了两个四十多岁的老人，被剑狼叼走了一个三岁孩子。终于他们找到了一个理想的大山洞，山洞原来的主人是一窝熊鼠，他们把熊鼠杀了吃肉，在这里点起火堆，住了下来，人人都很开心，或许除了阿树。

阿树很怀念原来那个山洞，那个洞比这个大很多，阿树出生和成长在那里，对那儿的一草一木都很熟悉。但是整个山谷中的猎物日渐稀少，邻近的部族也屡屡侵扰，族长不得不带领他们离开故土，去山谷外寻找新的栖息之所。

但对于阿树来说，最大的损失是离开了那里的“图书馆”。“图书馆”是那片地方的名字，阿树也不知道具体是什么意思。对他来说，那是河边一片密密麻麻刻着好几十万字的石壁，里面有无尽的奥秘，包括人类的起源、历史和文明。但其中很大一部分已经被时间的手磨平，几乎无法辨认，剩下的内容中他能看懂的只是其中一小部分，还有许多奇怪的符号完全无法索解，他只认出来有些是数字。据说，这些符号描述了整个宇宙的一切：天地的形成、星宿的旋转、万物的结构、生物的分类，等等。

但是，他读不懂那些内容，即使睿智的老师也不能完全读懂。即使他觉得自己能读懂的部分，也是通过记忆师历代相传的文字，其中许多字符已经失去了意义。譬如，他清楚地记得第一句话是“万物是由原子组成的”，但是“原子”是什么？他只能想象是一种微小的颗粒，水有水的原子，树有树的原子，石头有石头的原子，这好像解释了一切，但又好像什么也没有解释。

但刚才背诵的三大咒文他是懂得的，他花了很久才弄懂，而且他确实懂了。比如他知道在一片平地上用力推一块石头，滑不了几步远就会停下来，那不是因为没有人继续推，而是因为石头和地面之间产生了看不见的摩擦力，如果没有摩擦力，它可以永远滑动下去。他也知道如果用拳头去打一块石头，给出的冲击和受到的反击相等，只不过拳头远不如石头硬。

他知道得甚至比这些多得多！譬如，他知道天上的星星并不是围绕着大地转动，而是大地和金星、火星等等一起围绕着太阳转动，而月球绕着大地转动。它们之所以进行这种亘古不息的运动，不是出于神的意志，而是因为它们的初始速度加上彼此间的引力，让它们能够永远运动下去。虽然他不知道具体怎么计算，但是他理解了最基本的原理。虽然他的知识系统千疮百孔，残缺不全，但仍然有一个大致的框架，那是上古黄金时代最后的余晖。

但这又有什么用？他曾经试图跟族人讲解一些最粗浅的知识，可换来的不过是嘲笑。在古代，记忆师享有尊崇的地位，人们相信他们掌握通神的天启，他们担任国王或皇帝的大法师，指导人们制造马车、帆船和玻璃，但如今，他连怎么捕捉一只角兔或熊鼠都不知道。那些抽象的高级知识只有在一个发达的有分工的社会里才可能派上用场，但他一辈子都活在一个不到一百个人的小群体中，其中许多人甚至不知道怎么从一数到一百……

难怪在部族中，同伴们越来越看不起他这个记忆师，如果记忆师的存在不是历史悠久的传统，恐怕早就废掉了。而他自己呢，如果不是他小时候瘸了一条腿，他也会去当一个英勇的猎人，而不是跟着一事无成的叔叔去做一个记忆师，害他失去了自己心爱的女孩……

阿树知道，在大地上游荡着成百上千个部族，但他不知道那些部族中还有多少记忆师。去年，在一场部族间的战争中，他们曾经俘虏了另一个部族的记忆师，一个白胡子老头儿。他们两个部族的语言完全不同，但那个老人和他都会说一些“恩格里希”古语，并且也会书写，他掌握许多阿树不知道的知识，甚至还会背几首古诗。阿树和他谈了一夜，学到了很多东西，他苦苦求族人留老人一命，但族人不耐烦多养一张嘴，第二天，那个老记忆师就被活埋了……

“阿树，你睡了吗？”一个轻柔的声音叫着他的名字，阿树转过头，借着不远处的火光看到了一张令他心跳不已的熟悉面容，是果子。

果子今年十八岁，比阿树小一岁，她和阿树一起长大，曾是部落里最出众的少女，阿树喜欢她，她也喜欢阿树。但一个记忆师没有资格挑女人，三年前，果子刚满十五，就成了部落里最强壮的猎人大河的女人，他们在一起后的第二年果子生了一个儿子。大河去年秋天在和邻近部落的战斗中被杀了，而果子不到三岁的孩子在十多天前也被剑狼活活吃了。因为儿子的死，果子哭了好多天，这几天才缓和一点儿。如今，她仍然年轻的脸上已经多了几条皱纹，看上去像是老了十岁。

“你还没睡？”阿树问。

“我睡不着，”果子说，“一想起孩子就……”她擦了擦眼角，“而且这里好陌生，我有点儿怕，阿树，你跟我说说话好不好？”

“小时候我倒是经常给你讲故事。”阿树感叹说，“一晃这么多年过去了。”一阵鼻酸的伤感袭来，怀旧，这几乎是黄金时代的奢侈情感了。

“其实我一直在想，如果不是当初你为了救我被恐猫咬伤了腿，只能去当记忆师，也许我们……”

“别提了，”阿树挥挥手，像是驱走愁绪，“反正都过去了。”

“阿树，你像小时候那样给我讲个故事好不好？”

“好啊，”阿树说，“我给你讲一个古代达克王国的米妮莎公主的故事，那是三千年前……”

“我听过了，”果子说，“而且那是个悲伤的故事，讲个别的吧。”

“好吧，”阿树想了想说，“一万五千年前，在东方大陆上，有一个古老的帝国，叫作大夏，皇帝有一个聪明善良的太子，他的名字是后羿……”

“这个故事我也听过了。”果子说。

“那说这个吧……在更古老的时候——没人记得是多久，可能是五万年前，也可能是十万年前——那时候大地被热灰覆盖，天上也都是黑云，看不到太阳，大地上有很多恐怖的怪兽出没，有一位英雄，叫作古修罗……”

“这个故事你也讲过太多次了，”果子说，“阿树，你给我讲讲黄金时代的故事好不好？我一直没太弄懂。”

“黄金时代？”阿树说，“那是更早更早的事了，没有人知道在多久以前，那是历史开端之前的事，那时候，人类蒙诸神的赐福，住在高耸入云的楼房里……”

“什么是楼房？”

“楼房就是……我也不清楚，应该是人类自己用石头造的……大树，但是很高很高，有的比山还要高，里面有很多洞穴，可以住几千个人……人们住在那些大树里，它们像森林一样一片片的，一座房子的森林可以住几百万人甚至更多。他们过着舒适的生活，抽取大地的血液，引下天上的电光，用各种不可思议的魔法满足他们的需要，他们乘坐迅捷的铁鸟，可以在太阳落山之前飞到世界的任何一个角落。甚至可以飞到天上，飞到月亮上去……"

"多好啊，"果子叹了口气，"我想那时候他们一定不用担心剑狼叼走他们的孩子。"

"不过他们也有他们的问题，"阿树赶紧把话题岔开，"那时候大地上有几万万人，不，是几百个万万人，他们耗尽了大地的丰饶物产，让世界变得贫瘠，最后他们自己也无法生存。他们想飞向遥远的星星，但是又不舍得离开大地上的洞穴……他们为了争夺剩下的物产打仗了，不是像我们那样用木棒和石块，而是用恐怖的雷霆和天火，一个雷霆就能毁灭一座山丘，一道火光就能摧毁一片平原。他们让大地寸草不生，而他们自己也不能免于灭绝，剩下的一小部分人躲进了地下，几千年后才重新出来，黄金时代就这么结束了，接下来就是黑铁时代。"

"那你说，"果子神往地问，"黄金时代会再度出现吗？"

阿树苦涩地摇头："不，再也不会出现。"

"为什么呢？"果子很不解，"既然出现过一次，为什么不能有第二次？也许诸神会重新赐福给人类呢。"

"不是这样的，要恢复黄金时代，需要大地上的很多物产，比如大地的黑色血液，或者山脉中的矿石，经过无数复杂的步骤，制造出巨大的机器，才能重新找回古代的魔法。而那些物产，特别是其中提供动力的部分，在第一次黄金时代已经消耗殆尽了，再也不会恢复。甚至人类只要稍微增加几倍的人口，就会让大地无法承受，几千年内就会重新崩溃，就像我们打完了以前山谷中的野兽一样。只不过我们可以离开山谷，而人类却无法离开大地。

“自从黄金时代陨落后，人类已经有至少十三次复兴，而又重新衰落，人类一度重新建立起城市和帝国，商船遍及世界，如今又消失不见，也许将来还会有无数次复兴和衰落，就像一年四季一样，不断循环。自古以来，我们记忆师承担着将古老的历史记忆传递下去的责任，负责在今天这样的大衰落时代保留火种，引领世界的复兴。

“但这场游戏不会永远继续下去。从黄金时代崩溃的那一刻起，这个世界的结局，这场生命游戏的最后一幕已经注定：我们无法离开大地，就只能灭亡。因为太阳也有自己的寿命，当它老去时，它的火焰不会熄灭，反而会变得更加狂暴。它将在几万万年内变得越来越热，将大海烤干，让大地干裂，所有的人和动物都会死去，从此大地上不会有任何生命生存。

“我们的末代子孙，将深深躲在地下的洞穴，吞下最后一块老鼠肉或其他类似的食物，喝干一点儿可以饮用的地下水源，然后无声无息地死去。”

阿树说出了他知道的这个世界最大秘密，也是叔叔临终时所告诉他的那个秘密，唏嘘着，扭头看果子，却发现她好像根本没有听自己在说什么，眼神只是直勾勾地看着上面。

“果子？”

果子回过神来：“啊，你说得太深了，我听不明白……不过你看，那是什么？”她向上一指。

这下阿树也看到了，石壁上有一些斑驳褪色的图案。他坐起身，好奇地看着，借着远处火光他认出来，那是几十头栩栩如生的动物，有的像是角兔，有的像是熊鼠或恐猫，但没有一种是他认识的，除了人。他看到一头野兽的脚下，踩着一个没有头的猎人，旁边一个男人拿着一把叉子叉向野兽，身后是一个女人抱着一个稚气的孩子。

然后他看到了更多的画面，人们手拉着手围在火边分食动物的肉，或者在一起跳着欢快而古怪的舞蹈，或者一起围捕某头凶悍的巨兽……

这当然是人类的手笔，但那是什么时代的画呢？阿树想不出来，那些野兽都是他见所未见的，一定是在很古老很古老的时代，或许在传说中的古修罗时代呢……

然而他看到了，石壁边上还有一块残缺的石碑，上面刻着一些古文字，他扑过去，借着火光，勉强辨认出了几处认识的文字："远古……遗址……四万年前……"

阿树倒抽一口冷气，那是黄金时代的古文字！如此说来，这些壁画还在黄金时代之前四万年，那是什么时候？一定是天地刚刚开辟，人类刚刚出现的时代吧……

但壁画上的这些人坚韧地活着，那些原始时代的人，对历史和未来都一无所知，但他们仍然活下去了。生活着，奋斗着，甚至充满快乐……

"看他们，"果子指着壁画上的一男一女和他们的孩子说，"他们像不像我们？"

"倒还挺像的……"阿树感慨说，"历经不知道多少万年，经历无数次文明的兴亡，我们又回到了起点……"

"阿树，"果子在他耳边悄悄地说，"我们像他们一样好不好？"

阿树一怔，看向果子，果子的脸红了，垂下头说："我还年轻，想再要一个孩子，我们的孩子……"

阿树呆了半天，终于明白过来，胸中蓦然被奔涌的狂喜所充满：“果子，你愿意跟我？可是我……”

果子嘴角含笑说：“我就爱听你呆头呆脑地讲故事呢。”

阿树狂喜地战栗着，几乎呼吸不过来，在这一刻，黄金时代或黑暗时代，过去或未来，一切都不再重要。他只有一个念头：果子会成为他的女人，他们将会有自己的孩子，从此平庸无奇地生活在一起。纵然已经不可能再有新的未来，一代代的人们，他们总会生活下去，在亿万年生命的无奈和时间的残忍中，追求自己渺小却充实的幸福。纵然有一天这颗古老的行星烟消云散，至少人类这个渺小的种族，在宇宙中这个叫作地球的洞穴里，他们真正活过。如同无边无垠的宇宙中，亿万其他洞穴中的其他生灵一样。

他颤抖地伸出手臂，紧紧抱住了果子柔软而温暖的身躯。